나혜석과 위트릴로

화가 **모리스 위트릴로**

Maurice Utrillo. 1883~1955.
프랑스의 화가. 평생을 몽마르트
르 풍경과 파리의 외곽지역, 서
민촌의 골목길을 그의 외로운 시
정에 빗대어 화폭에 담았던 몽마
르트르를 대표하는 화가이다. 다

작을 넘어 남작으로도 유명한데 유화만 3,000점이 넘는다.
일찍이 이상할 정도로 음주벽을 보였고, 그것을 고치기 위해, 어머니인
화가 수잔 발라동과 의사의 권유에 따라 그림을 그리게 되었다. 그러나
음주벽은 고쳐지지 않아 입원을 거듭했다. 거의 독학했고 화단에서도
고립되었고, 독자적인 화풍을 발전시켜 '파리의 시인'이라는 별칭을 얻
었다. 애수에 잠긴 파리의 거리 등 신변의 풍경화를 수없이 그렸다. 음
주와 난행과 싸우면서 제작한 백색 시대 시절의 작품은, 오래된 파리의
거리묘사에 흰색을 많이 사용하여 미묘한 해조(諧調)를 통하여 우수에
찬 시정(詩情)을 발휘하였다. 주요 작품으로는 〈몽마르트르의 생 피에르
성당〉〈눈 내린 몽마르트 언덕〉〈코팽의 막다른 골목〉 등이 있다.

열두 개의 달 시화집 스페셜

나혜석과
위트릴로

글 나혜석
그림 모리스 위트릴로

Maurice Utrillo. V.

Église: Le chartreuse de Neuville-sous-Montreuil
1923

차례

외로움과 싸우다 객사하다

가자! 파리로.
살러 가지 말고 죽으러 가자.
나를 죽인 곳은 파리다.
나를 정말 여성으로 만들어 준 곳도 파리다.
나는 파리 가 죽으련다. 찾을 것도, 만날 것도, 얻을 것도 없다.
돌아올 것도 없다. 영구히 가자.
과거와 현재 공(空)인 나는 미래로 가자.

사남매 아이들아!
애미를 원망치 말고 사회제도와 잘못된 도덕과 법률과 인습을
원망하라.
네 애미는 과도기에 선각자로 그 운명의 줄에 희생된 자였더니라.
후일, 외교관이 되어 파리 오거든
네 애미의 묘를 찾아 꽃 한 송이 꽂아다오.

Avenue de Versailles et la Tour Eiffel
1922

광(光)
- H. S. 生(생)

그는 벌써 와서 내 옆에 앉았었으나 나는 눈을 뜨지 못하였다.
아아! 어쩌면 그렇게 잠이 깊이 들었었는지

그가 왔을 때에는 나는 숙수(熟睡) 중이었다
그는 좋은 음악을 내 머리맡에서 불렀었으나
나는 조금도 몰랐었다
이렇게 귀중한 밤을 수없이 그냥 보내었구나

아아 왜 진작 그를 보지 못하였는가
아아 빛아! 빛아! 정화(情火)를 키워라
언제까지든지 내 옆에 있어다오
아아 빛아! 빛아! 마찰(摩擦)을 시켜라
아무것도 모르고 자는 나를 깨운 이상에는
내게서 불이 일어나도록 뜨겁게 만들어라
이것이 깨워준 너의 사명이오
깨인 나의 직분이다
아! 빛아! 내 옆에 있는 빛아!

Maurice, Utrillo. V.
1925.

Basilique de Longpont (Seine-et-Oise).

La basilique de Longpont
1925

사(砂)

야원(野原) 한가운데 깔려 있어 값없는
모래가 되고 보면 줍는 사람도 없이
바람 불면 먼지 되고
비 오면 진흙 되고
인마(人馬)에게 밟히면서도
싫다고도 못하고 이 세상에 있어
이따금 저 편에
포공영, 야국화, 메꽃, 꽃다지꽃
피었다가 스러지면 흔적도 없이
뉘라서 찾아오랴
뉘라서 밟아주랴
모래가 되면 값도 없이

The Lapin Agile
1912

아껴 무엇하리 청춘을

살이 포근포근하고
빛은 윤택하고
머리가 까맣고
눈이 말똥말똥하고
귀가 빠르고
언어가 명랑하고
태도가 날씬하고
행동이 겸사하여
참새와도 같고
제비와도 같고
앵무와도 같고
공작과도 같다

나이 먹으면
주름살이 잡히고
빛깔이 검어지고
머리가 희여지고
귀가 어둡고
눈이 흐려지고

말이 아둔해지고
몸이 늘씬해지고
행동이 느려져
기린과도 같고
곰과도 같고
물소와도 같다
이리하여
살날이 많던
청춘은 가고
죽을 날이 가까운
노경에 이른다
이 어찌
청춘 감을
아끼지 않으랴
그러나 나는
장차 올 청춘이었던들
아꼈을는지 모르나
이미 간 청춘을
아끼지 않나니
청춘은
들떴었고
얕았었고

얇았었고
짧았던 것이오
나이 먹고 보니
침착해지고
깊고
두텁고
길다
청춘을
헛되이 보내었던들
아끼지 않을 바 아니나
빈틈없이 이용한 청춘을
아낄 무엇이 있으며
지난 청춘을
아껴 무엇하리오
장차 올 노경이나
잘 맞으려 하노라

Fleurs
1940

노라

나는 인형이었네
아버지 딸인 인형으로
남편의 아낸 인형으로
그네의 노리개였네

노라를 놓아라, 순순히 놓아다구
높은 장벽을 헐고
깊은 규문을 열어
자연의 대기 속에
노라를 놓아라

나는 사람이라네
남편의 아내 되기 전에
자식의 어미 되기 전에
첫째로 사람이 되려네

나는 사람이로세
구속이 이미 끊겼도다
자유의 길이 열렸도다
천부의 힘은 넘치네

아아, 소녀들이여
깨어서 뒤를 따라오라
일어나 힘을 발하여라
새날의 광명이 비쳤네

Château de Charente

Moulin de la Galette, Montmartre
1923

인형의 가(家)

1.
내가 인형을 가지고 놀 때
기뻐하듯
아버지의 딸인 인형으로
그들을 기쁘게 하는 위안물 되도다

[후렴]
노라를 놓아라
최후로 순순하게
엄밀히 막아논 장벽에서
견고히 닫혔던
문을 열고
노라를 놓아주게

2.
남편과 자식들에게 대한
의무같이
내게는 신성한 의무 있네

나를 사람으로 만드는
사명의 길로 밟아서
사람이 되고저

3.
나는 안다 억제할 수 없는
내 마음에서
온통을 다 헐어 맛보이는
진정 사람을 제하고는
내 몸이 값없는 것을
내 이제 깨도다

4.
아아 사랑하는 소녀들아
나를 보아
정성으로 몸을 바쳐다오
맑은 암흑 횡행할지나
다른 날, 폭풍우 뒤에
사람은 너와 나

Sacré-Coeur de Montmartre et square Saint-Pierre
1935

Rue Saint-Dominique et la Tour Eiffel
1937-1938

냇물

쫄쫄 흐르는 저 냇물
흐린 날은 푸르죽죽
맑은 날은 반짝반짝
캄캄한 밤 흑색같이
달밤엔 백색같이
비 오면 방울방울
눈 오면 녹여주고
바람 불면 무늬지어
아침부터 저녁까지
밤부터 새벽까지
춥든지 덥든지
싫든지 좋든지
언제든지 쉼 없이
외롭게 흐르는 냇물
냇물! 냇물!
저렇게 흘러서
호수가 되고, 강이 되고, 바다가 되면
흐리던 물은 맑아지고
맑던 물은 퍼래지고
퍼렇던 물은 짜지고

Les Ponts de Toulouse
1909

이상적 부인

  먼저 이상이라 함은 무엇을 말함인가? 소위 이상이라. 즉 이상의 욕망의 사상이라.

  이상을 감정적 이상이라 하면, 이 소위 이상은 영지(靈智)적 이상이라. 그렇다면 이상적 부인이라 할 부인은 그 누구인가?

  과거 및 현재를 통하여, 이상적 부인이라 할 부인은 없다고 생각하는 바요. 나는 아직 부인의 개성에 대한 충분한 연구가 없기 때문이며, 자신의 이상은 매우 높은 위치에 있기 때문이다. 혁신으로 이상을 삼은 카츄사, 이기(利己)로 이상을 삼은 막다, 진정한 연애로 이상을 삼은 노라 부인, 종교적 평등주의로 이상을 삼은 스토우 부인, 천재적으로 이상을 삼은 라이죠 여사, 원만한 가정의 이상을 가진 요사노 여사 등과 같이, 다방면의 이상으로 활동하는 부인이 현재에도 적지 않다. 나는 결코 이들의 범사에 대해 숭배할 수는 없으나, 다만 현재 나의 경우에는 가장 이상에 가까운 것이라 하여, 부분적으로 숭배하는 바라. 왜냐하면, 그들은 일반적으로 운명에 지배되어 생장(生長)과 발전, 즉 충실히 자신을 발전함을 두려워하여, 항상 평이한 고정적 안일(安逸) 외에 절대의 이상을 가지지 못한 약자임이라. 그러나 우리는 이들의 장점을 모두 취하여, 날마다 수양된 자기의 양심으로 축출(築出)한 바, 가장 이상에 근접한 새로운 상상으로 생장하지 않으면 안 될 것이다. 습관에 의하여 도덕상의 부인, 즉 자기의 세속적 본분만을 완수하는 것을 이상이라 말할 수 없도다. 한 걸음을 더 나아가 이를 초월한 발전이 없으면 안 될 줄로 생각하는 바요, 단순히 양처현모(良妻賢母)라 하여 이상을 정하는 것도 반드시 지켜야 할 바가 아니겠는가. 다만 이를 주장하는 자는 현재 교육가들의 상업적인 하나의 방편이 아닌가 하노라. 남자는 남편이며 아버지다. 양부현부(良夫賢父)를 위한 교육법은 아직도 듣지 못하였으니, 다만 여자에 한하여 부속물로 된 교육주의라. 정신 수양상의 입장에서 말하더라도, 이는 실로 의미 없는 말이다. 부인의 온양유순(溫良柔順)만을 이상이라 하는 것도 반드시 지켜야 할 바가 아니겠는가. 이를 주장한다면 여자를 노예로 만들기 위하여, 이 주의로 부덕의 장려가 필요했던 것이다.

그러나 오늘날의 부인은 오랜 시간 동안 남자를 위해 모든 의무를 다하도록 하는 주의로 양성된 결과, 온양유순이 지나쳐 그 이상은 거의 옳고 그름까지 구별할 줄 모르는 지경에 이르고 말았다.

그러하면 어찌하여야 제각기 자적한 여자가 될까? 무론, 지식, 지혜가 필요하겠다. 무슨 일을 당하든지 상식으로 좌우를 처리할 실력이 있지 아니하면 안 된다. 일정한 목적으로 유의

의하게 자기 개성을 발휘코자 하는 자각을 가진 부인으로서 현대를 이해한 사상, 지식 상 및 품성에 대하여, 그 시대의 선각자가 되어 실력과 권력으로, 사교 또는 신비 상 내적 광명의 이상적 부인이 되지 아니하면 불가한 줄로 생각하는 바라. 그러하면 현재의 우리는 점차로 지능을 확충하며, 자기의 노력으로 책임을 다하여 본분을 완수하며, 경히 일에 당하여 물에 촉하여 연구하고 수양하며, 양심의 발전으로 이상에 근접게 하면 그일 그일(其日 其日)은 결코 공연히 소과(消過)함이 아니요. 연후에는 내일에 종신을 한다 하여도 금일 현시까지는 이상의 일생이 될까 하노라.

그러므로 나는 현재에 자기 일신상의 극렬한 욕망으로 그림자도 보이지 아니하는 어떠한 길을 향하여 무한한 고통과 싸우며 지시한 예술에 노력고자 하노라.

The Quartier Saint-Romain at Anse, Rhone
1925

회화와 조선 여자

- 신진 여류의 기염(氣焰)

조선 여자는 그림 그릴 만한 천재를 가진 자가 많이 있다.(女流畵家 羅蕙錫 女史 淴)

같은 예술 중에도 문학이나 음악은 매우 보급이 되어야 문예잡지도 생기고 음악회도 가끔 열리나 유독 그림만 이렇게 뒤떨어진 것은 매우 섭섭한 일이올시다. 대체로 다른 예술도 그렇지 않은 것은 아니지만 이 그림에 대해서는 예전부터 그림을 그리면 궁하니, 그림 그리는 사람은 환장이니 하며 너무 학대와 천시를 해왔으므로 자연 여자는커녕 남자들도 이것을 전문으로 연구하는 이가 드물었습니다. 그러한 결과로 오늘날 와서는 조선의 고대 예술의 첫째로 꼽히는 그림의 자조를 전할 만한 사람이 드물게 되고 만 것이올시다. 그림은 같은 예술 중에도 가장 넓게 또는 매우 용이하게 일반 사람들에게 기쁜 느낌과 아리따운 생각을 주는 것이라 우리 인생에게는 음악으로 더불어 아울러 필요한 것이외다. 그러하므로 소학교에서부터라도 유치하나마 창가(唱歌)와 도화(圖畵)는 반드시 가르치는 것이 아니오리까.

어느 가정에든지 때로 피아노 소리가 울려 나오거나 아리따운 풍경화가 한 장이 걸려 있다 치면 그 가정의 단락하고 평

La rue du Mont-Cenis sous la neige
1935

화로운 소식은 반드시 그 한 곡조 울림과 한 폭 그림에서 얻어 듣고 볼 수가 있을 것입니다. 이와 같이 우리 인생에 미감을 가장 보편적으로 주며 무형한 행복을 누리게 하는 그림을 어찌하여 그다지 천시를 하였으며 시 짓는 부인이나 글씨 쓰는 여자는 더러 있어도 채색 붓을 들고 화폭을 향하여 앉는 부인은 한 사람도 없었는가? 하는 애석한 생각이 가슴에 떠돌 때가 많습니다. 그러나 조선 여자는 결코 그림을 배우지 않으려 하니까 그렇지 만일 배우고자 할진대 반드시 외국 여자는 능히 따르지 못할 특점이 있는 실례를 나는 어느 고등학교 정도의 여학교에서 도화를 교수하는 동안에 발견하였습니다. 그러할 뿐만 아니라 학생들에게 그림에 대한 재미있는 이야기나 혹은 자기가 스케치하려 나아갔을 때의 감상을 말할 때에는 일반 학생들은 매우 재미있게 듣는 것을 보았습니다. 그러하니까 아직 우리의 여러 가지 형편이 조선 여자로 하여금 그림에 대한 흥미를 줄 만한 기회와 편의를 가로막고 있어서 그렇지 만일 앞으로라도 일반 여자계에 그림에 대한 취미를 고취할 만한 운동이 일어나기만 하면 반드시 여류 화가를 배출할 줄로 믿습니다. 그리하여 비록 자기는 힘은 부치고 재주는 변변치 못하나 수히 단독 전람회를 열고 아무쪼록 일반 부인계에서 많이 와서 구경해주도록 해볼까 합니다.

Le Moulin de la Galette

부인 의복 개량 문제
- 김원주(金元周) 형의 의견에 대하여

조선 사람 누구나 다 생활 제도에 불만을 품지 않은 자 없고 동시에 개량의 필요를 느끼지 않는 자 없으며, 더구나 형의 말씀한 것과 같이 사람의 살림에 없지 못할 세 가지 중요한 것 중에도 가장 중요한 의복에 불편을 당하지 않는 바 아니나, 다른 개량에 골몰하여 의복 같은 데는 채 손이 돌아가지 아니하여 이제껏 아무 개량 문제가 없었던지, 혹은 깨달은 바는 있었고 뜻한 바는 있었으나 감히 여론을 환기할 만한 용기가 없었던 바인지 필자부터도 거금 육칠 년 내에 시시각각으로 보고 당하고 하면서도 진득진득 참아오면서 침묵하였던 바, 하여간 금일까지 의복 개량에 대하여 한 사람의, 더구나 여자 자신으로 직접 관계되는 여자의 의복에 대하여 일언(一言)이라도 그 연구하여 보았다는 말을 들어보지 못하였던 것은 사실이외다.

과연 나의 존경하는 형이다. 일찍이 형의 고상한 사상과 건필을 믿지 않은 바 아니나, 이제 또한 형의 사고력에는 경복을 마지 아니하였으며 형의 용기에는 한층 놀랐나이다.

아무려나 형의 성의로서라도 여론은 널리 퍼져 다수한 의견이 모여 위생적이고, 예의적이고, 미적인 완전한 조선 부인의 개량복이 생기기를 바라고 감히 나도 우견(愚見)이나마 일언을 가하고자 하나이다.

형의 말과 같이 위생과 예의와 미를 겸한 가장 편하고 가장 완전한 개량복을 우리 일반 여자는 요구합니다. 그러나 왕왕 그 개량의 본의를 실(失)하여, 혹 실용으로만 생각하는 수도 있고 또 편한 맛만 취하는 수가 없지 아니하여 있습니다.

우선, 형부터도 형의 입으로 이 세 조건을 겸해야 한다 하면서도 결국 그 본의를 실한 듯싶소이다. 형의 개량복을 한번 보았으면 좋겠소. 하나 사진으로 보아서는 아무리 보아도 운동복으로나 경편할까밖에 보이지 않습니다. 접시 나르러 다니는 서양 쿡의 의복 같고, 동경 아사쿠사(淺草[천초]) 활동 사진관 입구에 분(粉) 켜켜로 바르고, "이랏샤이(어서 오십시오)" 하는 여편네들 의복 같사외다. 우리들의 입은 옷을 어찌하면 그에다 비하리까, 운니(雲泥 : 구름과 진흙탕)의 차이지요. 실로 아름답고 경편한 의복은 우리 지금 입은 의복이외다. 무슨 까닭으로 일부러 조선적인 특색 있는 모양을 모두 뜯어 고치어 서양 옷 비슷하게 할 필요가 있을까요?

보시오, 우리 지금 입은 개량복 중에 버선목에 찰락말락하게 단을 납작히 한 어깨허리 통치마 위에(겨울 치마에는 단에 안을 바쳐서) 화장을 짧게 하고 진동을 넓게 하여 붓으로 그린 듯한 깃에 흰 동정이나 달고, 품은 넉넉히 하고, 부전조개 같은 도련에 길이를 길쭉히 한 저고리나 적삼을 입은 데다가 머리에는 잔털이나 아니 일어날 만치 잠깐 기름을 스친 데다가 은비녀 금비녀로 수수하게 쪽지고, 하얀 버선에 운혜나 당혜를 신은 모양이야말로 양복(洋服)이나 일복(日服)이나 청복(淸服)에서는 도저히 볼 수 없는 아름다운 모양이오. 동시에 위생에도 조금도 해로울 것 없고, 동작에도 극히 경쾌할 뿐 아니라 어떠한 사람 앞에서라도 실례되지 아니할 만치 그렇게 예의적 의복이외다.

형의 말씀과 같이 흉부결속(胸部結束)이 대결점이외다. 그러기에 어깨허리로 하자는 것이외다. 치마 아래에 입는 단속곳이나, 바지나 혹은 고쟁이를 밑을 느직히 하고 어깨허리를 젖 아래까지 내려오도록 하여 손바닥이 드나들 만치 허순히 하고, 단추를 넷이나 혹은 다섯쯤 하여 끼고, 치마 허리는 이와 좀 짧게, 즉 저고리나 적삼 안에 들 만치 하여 역시 핀을 꽂든지 단추를 끼우든지 하면 조금도 호흡에 구속을 당할 리도 없고, 폐의 수축을 방해할 리도 만무하외다. 또 허리 모양도 좋습니다. 고쟁이 밑이나 혹은 바지 밑은 속곳 밑같이 하여 앞에는 막고 뒤는 터지도록 하는 것은 동감이외다.

그렇게 하면 자연 여름 같은 때에는 제일 속속곳을 입지 않아도 좋으니까 덥지 아니하여 좋지마는 바지는 자주 빨 수 없으니까 받쳐 입어야 할 터인데 그렇게 가랑이가 넓은 속속곳을 입을 것이 아니라 남자 양복 아래에 입는 셔츠같이 가랑이를 좁게 하고, 허리는 배꼽 아래에 사루마다(팬티) 허리와 같이 넓게 하여 끈을 넣어서 홅어매게 하고 길이만 잠깐 짧게 윗통은 기다란 속고쟁이를 역시 어깨허리 달아입어도 좋을 듯, 깃 달지 말고 앞뒤를 파서 속적삼을 하여 배 아래까지 닿게 하여 입어서 이렇게 속옷만 자주 빨아 입으면 더할 말 없는 상등옷이외다.

그러나 한 가지 더 말하여야 할 것이 있습니다. 잠시 출입하는 때라도 전차표나 돈주머니나 또는 항상 가져야만 할 수건을 넣을 주머니가 있어야 할 것입니다. 지금까지는 수건에다가 돈주머니를 싸가지고 다니기도 하며 혹은 손가방을 가지고 다니기도 하나 조금 다른 데 정신을 두다가는 항용 전차 속에나 상점 같은 데다가 놓고 나오는 수가 많습니다. 그뿐 아니라 전차 속에서 보면 치마를 훨씬 제치고 단속곳을 모든 사람 앞에 내어놓고 주머니에서 한 나절이나 꿈지럭거려서 돈을 꺼내는 것은 같은 여자로도 얼굴이 붉어집니다. 대단히 보기 싫습디다. 이야말로 실례가 됩니다. 이것은 속히 개량하여야 할 뿐 아니라 실용상 없지 못할 것입니다.

이상에 말한 개량 치마, 즉 어깨허리 단 통치마에 바른편으로 중간쯤 치마폭을 손이 드나들 만치 뜯고, 딴 헝겊을 겹쳐 좌우와 밑만 막아서 뒤집어서 터진 뒤를 뜯은 치마에다 대어서 꿰매어 치마 속으로 넣고, 그 헝겊 주머니를 치마에다가 대어서 박든지 혹은 띄엄띄엄 징그든지 하면 따로 들지도 않고 또 주머니 속은 헝겊 주머니 거죽이 되니까 홈솔갱이가 없어서 정합니다(마치 양복 상의 주머니하듯). 이렇게 하면 빠질 리도 없고 잊어버릴 염려도 없어 매우 좋을 것 같아 실행을 하여 본 결과 더욱 경편할 것을 보았나이다.

또 한 가지 형에게 주의시키고 싶은 것은 치마통을 좁게 하라 하는데 대하여서는 조금 생각하여 볼 필요가 있소.

옛날에는 열두 폭 치마까지 있었고, 지금도 여덟 폭 치마 입은 이도 있으니까 이보다는 물론 좁게 하여야 할 것이오. 그러나 형의 표준은 지금 보통 입는 우리들 치마보다 좁게 하자는 듯 싶소. 서양 여자 의복에는 두 팔을 가리지 않고, 젖퉁이를 비치게 하며 치마를 좁게 하여 방둥이를 있는 대로 흔들고, 활발하고 건방지게 다니는 것이 그의 특색입디다. 동양 의복에는 이와 반대로 살과 살덩이 모양을 남에게 보이지 않게 아름답고 모양 있게 가리어 활발하고도 단아한 자태가 있는 것이 특색이외다.

그러므로 일본에도 근년에 와서는 하카마로 여자의 방둥이를 감추고 중국에서도 치마로 여자의 방둥이를 감추게 되었습니다. 남들은 그와 같이 없던 것을 새로 하여 감추기도 하는데 우리는 일부러 감추게 된 것을 치마를 좁게 하여 드러낼 것이야 무엇 있겠습니까. 보통 입는 모시 폭으로 여섯 폭, 옥양목이나 서양목 폭으로 두 폭 반의 통치마보다 더 좁아서는 조금 너른 개천은 뛸 수도 없을 터이오. 뛰다가는 몸둥이째

개천에 빠질 것이외다.

　이와 같이 우리의 의복은 극히 소부분의 개량을 요하는 외에는 크게 결점 없는, 우연히 있는 세계적 자랑할 만한 의복이외다.

　그러나 그러나 크게 유감되는 것이 두 가지 있습니다. 그 하나는 의차(衣次), 즉 옷감이요. 그 둘은 형의 말씀같이 색채, 즉 빛깔이외다. 보십시오. 남의 나라 사람들은 꼭 내의, 즉 속옷으로만 입는 옥양목이나 서양목 옷감을 우리는 꼭 외의(外衣), 즉 겉옷으로만 입는 옷감이 되는 것은 이상스러운 대조이외다. 남들은 한 시간 동안이면 꾹꾹 밟아 슬쩍슬쩍 몇 가지라도 다려 입을 수 있는 것을 무어라 그다지 삼 일간이나 사 일간 입으면 다시 물에 들어갈 것을, 한 벌 옷감을 아침 먹고 앉아서 저녁 먹고까지 땀을 흘려가며 추운 때는 손등이 다듬이 바람에 터져서 피가 줄줄 흐르는 것을 무릅쓰고 질펀히 앉아서 두드리는 동안에, 한 번 가면 다시 오지 못하는 시간과 일생을 허비하는 것은 너무나 참혹한 일이 아닐까 합니다.

　이것은 개량의 필요를 주장하는 것보다 부인의 생활 정도가 차차 향상하여지면 하여질수록 여자의 귀에도 피아노나 바이올린 독창을 듣게 되고 여자의 눈으로도 그림이나 조각이나 꽃구경이나 달 구경을 보게 되며, 여자의 입으로도 해방이니 자유니 동등이니 절규하게 되면 자연 시간 경제 관념이 필요 이상의 실용으로 절박할 것이니까, 시일 경과에 방임

하겠으나, 여하간 속히 남을 본받자는 것은 아니나 이러한 옷감은 할 수 있는 대로 자주자주 빨아 다릴 수 있는 내의를 하여 입도록 하면 바지, 치마, 저고리, 두루마기는 다듬지 아니하여도 좋을 만한 양속(洋屬) 등 옷감을 채용하도록 하는 것이 매우 좋을 듯싶습니다.

다음은 색채의 문제이외다. 회화가 예술품이오, 조각이 예술품이며 음악이나 문학이 예술품이라 하면 의복은 이만 못지 않은 예술품이니 의복은 대개 그 나라 기후의 관계로 되었을 뿐 아니라, 풍속, 습관이 즉 의복에 달렸고, 더욱이 국민성의 특징을 표현하고 있는 유일의 대예술품이외다. 그러므로 일본의 미술의 특장이 색채에 있는 동시에 그의 의복의 특색이 색과 문채이오, 중국의 미술의 특징이 구조에 있음을 따라 그의 의복의 특색이 구조에 있는 것과 같이 우리의 미술품 중 경주에 보장한 벽화나 불상에 가장 선이 우리의 자랑할 특징인 동시에 우리의 의복 중에 치마 주름의 선으로부터 가슴 한가운데 깃의 선과 섶자락 선이며 도련은 우미의 조화를 일층 가합니다. 그러니 이에 더 색채의 조화가 있었던들 무엇이 유한(遺恨)되리까.

유도에서 소위 입경입법(入經入法)하고 대범대체(大凡大體)라야 가위 군자라 하며, 대인(大人)은 불식(不飾)이라 하여 원시 상태의 보수주의로 청, 황, 적, 백, 흑, 오원색을 정색(正色)이라 하고, 그 외 간색(間色)을 잡색이라 하였으며, 음색(淫色)

이라 하여, 이 잡색이나 음색을 사용하는 자를 식(飾)이라 하고 작(作)이라 하였으며, 소인(小人)이며 필부(匹夫)라 하였습니다. 이와 같이 화사적(華奢的) 방면으로 색에 대한 아무 관념이 없었고, 또 실용적 방면으로 보면 조선은 풍토 기후가 온화하여 중국과 같이 폭풍이 심하여 먼지를 피하기 위한 의복이나, 일본과 같이 강우(降雨)가 심하여 습기를 피하려는 의복과는 달라서 일부러 백색에 원료를 가할 필요가 없었으므로 자연으로 생(生)하는 면화의 색 그대로 써 왔습니다. 이와 같이 어느 방면으로 보든지 색의 변화가 있을 리가 없었습니다.

그 영향으로 한색(寒色)이며 음색(陰色)인 백색을 전수 사용하다시피 하고, 그 다음은 청색을 많이 사용하였으며, 아이들에게는 적색, 황색, 녹색 등 원색을 사용할 따름이요, 간색(間色)의 사용은 전무하였습니다.

이와 같이 소수의 극단한 비애색(悲哀色)은 그 세력이 지금까지 계속됩니다. 보십시오. 삼동(三冬)에 일찍이 철물교 근처에서 종로를 향하여 걸어보시오. 혹독한 찬바람은 마주쳐 불어 질식하겠으며 지붕 위에는 서리가 와 있고, 사방은 안개에 싸여 희미할 때에 멀리서 오락가락하는 갓도 희고 옷도 희고 신도 흰 사람을 보면 마치 무엇 같다는 감상이 일어납니까? 우리가 어렸을 때 어른들을 졸라 도깨비 얘기를 들었거니와, 예로, "한 사람이 있는데 어두컴컴한 밤에 어디를 가다가 흰 옷 입은 사람이 있어 쫓아갔더니 고만 간데온데 없이 없어졌다." 하는 말에 어른들 무릎 위로, "아이고 무서워!" 하고 뛰어오르던 생각이 왜 아니 나리까. 과연 몸에 소름이 끼치도록 좋지 못한 감상이 일어납니다. 눈에 익은 우리에게 이러하거든, 황차 처음 보는 외국인에게야 얼마나 냉정하게 보이고, 얼마나 비애스럽게 보이리까.

그뿐 아니라 백색이란 태양의 일곱 색 중에 제외된 색이므로 색 중에 제일 찬 것임은 누구나 다 아는 바입니다. 그러므로 추운 때 추운 의복을 입는 것은 어느 방면으로 보든지 손해입니다. 또 이상에도 말한 바와 같이 빨래와 다듬이로 다수한 시간을 허비케 됩니다.

그러면 여하한 색을 취하리까. 백색을 제한 외에는(염천하절(炎天夏節)에는 부득이 백색을 취하겠지만) 물론 여하한 색이든지 좋을 것 같습니다. 요사히 구미(歐美)에서는 간색보다 원색이 유행하며, 이상한 것은 일족(一足)에 백색 버선을 신으면, 우 일족(又一足)에는 흑색 버선을 신으며, 백색 버선에는 흑색 구두를 신고, 흑색 버선에는 백색 구두를 신으며, 한 팔이 적색이면 한 팔은 황색으로 하며, 하의가 청색이면 상의는 녹색으로 하여 극렬한 색이 대유행이라고 합니다. 이것을 모방하자는 바는 아니나 그들은 이만치 색에 다대한 흥미를 가지고 사는 것입니다.

나는 할 수 있는 대로 상하의 동색으로 입는 것보다 이색(異色)으로 입는 것이 좋을 줄로 압니다. 더구나 상하의 흑색으로 입는 것은 상복(喪服)으로 정한 외에 입지 않는 것이 좋을 듯합니다(유래 상하의 백색 상복 제도를 개량하여). 우리는 항상 관립 고등여학교 동복 교복에 대하여 불쾌히 생각합니다. 그리고 보통학교에는 교복을 전폐하여 할 수 있는 대로 상하의 흑색을 입히는 것보다 유래(由來) 조선적 아동 복색으로 청, 황, 적, 녹의 색으로 입히도록 하는 것이 보기에도 아름다울 뿐 아니라 아이들에게 색에 대한 지식과 감각을 양육하는 데 큰 관계가 있을 듯합니다. 물론 일본 의복과 같이 알롱달롱한 색을 취하자고는 아니합니다. 그러나 치마 같은 것은 흑색 바탕에 녹색이나 남색의 간간(間間) 줄을 넣은 감으로나 혹은 백색 바탕에 분홍이나 남색의 줄이 있는 것 등 같은 것으로 하여 입으면 키도 커보일 것 같고, 보기도 좋을 것 같습니다.

이렇게 색의 연구가 속히 나날이 늘어가며 동시에 색의 유행이 자주 있기를 기대하는 바이외다.

그 다음은 두루마기외다. 본래에 두루마기는 남자에게는 예복 같아 사계(四季) 중 출입할 때는 반드시 입습니다. 그러나 여자에게는 동절(冬節)에만 한하여 외투같이 입어왔습니다. 이왕 추운데 덥게 하기 위하여 입는 이상에 등만 덥게 하고, 팔만 덥게 하는 것보다 배와 다리도 덥게 하는 것이 좋을 듯합니다.

그런데 두루마기는 가슴까지만 덥게 하고 섶 아래는 다 터졌습니다. 안섶자락으로 겹쳤다 하지마는 비나 눈이나 오면 바람에 앞이 벌어집니다. 그리하면 모처럼 모양내고 나들이 갔던 고운 치마에 얼룩이 져서 다시는 입지 못하게 됩니다. 그렇게 앞이 터지면 무릎이 대단히 시립니다.

이와 같이 바람이 심하게 불면 꼭 두루마기 앞을 두 손으로 잡고 걸어가야 할 뿐 아니라 배에까지 바람이 들어가는 듯싶습니다. 그러니까 조금만 고쳐 입으면 전신을 다 덥게 할 수 있고, 또 경편하고 모양 있게 될 것 같습니다.

나는 이렇게 생각합니다. 두루마기 모양은 전과 같이 하여 고름을 달지 말고, 양복 외투에 다는 단추 만한 단추를 이왕 끈 달던 데와 그 아래로 세 개 혹은 네 개를 섶에 달고, 단추 구멍은 전에 안 깃편에 끈 달던 데보다 좀 들여다가 즉 품을 넉넉하게 줄로 구멍을 만들어 달면 보기에도 관계치 않을 듯 싶습니다. 그리고 양복 외투 주머니하듯 양쪽에 하나씩 손 넣기 좋은 데에 주머니를 달고, 옆구리에는 손을 넣지 말고(옆구리로 두 손을 넣으면 걸음이 느려지는 수가 있으므로), 이 주머니에 때때로 손을 넣어 녹이도록 하는 것이 좋지 아니할까 합니다.

또 저고리나 치마는 더러운 것을 입더라도, 비단 두루마기를 입어 더럽혀 또 빨고 다듬고 하느니보다, 혹 양복 외투감과 같이 뜨뜻하고 더럽지 않을 것으로 명주 안이나(백색 제하고) 넣어 입으면 일감도 없어질 터이오, 뜨뜻도 하고 경편할 것입니다. 이것은 여자뿐 아니라 남자의 두루마기도 이와 같이 하여 입었으면 좋겠습니다.

형이여! 의복에 질박(質朴)하라 하시니 이렇게까지 절대 제한을 하여야만 할 것입니까. 옳습니다. 근래 조선 사회에서 사람을 비평하는, 더구나 여자 즉 여학생을 비평하는 표준이 극히 단순하고, 극히 애매하고, 극히 유치합니다. 그의 학식이 여하하며, 그의 성품이 여하하며, 그의 인격이 여하하며, 그의 사업이 여하한 것을 불문하고, 의복으로 그의 인격 전부를 정해버립니다. 내부족(內不足), 고로 외식(外飾)이란 성인(聖人)의 교훈도 있지마는 심한 것은 분 바르는 자는 음란으로 지목하고, 고운 옷 입는 자는 부랑자로 지목해버립니다. 그리하여 할 수 있는 대로 검고 푸른 얼굴에 목면(木棉) 의복 입은 것이 유일의 정조와 방정의 의미를 증명하는 듯 일대 자랑거리같이 아는 금일의 현상이외다.

　게으르고 돈 없어서 화장을 못한 이에게라도 반드시 행위 단정하다는 칭찬을 합니다. 또 이렇게만 하면 조선은 문명하리라 합니다. 그것은 왕왕 강연회에 가서 들으면 십중팔구는 언필칭 "사치를 마시오. 검박(儉朴)들 하시오. 그리하여야 조선은 문명합니다."고 합니다. 그것은 사실입니다. 유래, 조선 사회에서는 개인이 사치하면 개인이 망하고 국가가 사치하면 국가가 망하여 왔습니다. 그러나 금후 우리의 사치에 대한 관념은 이와 다릅니다. 개인과 국가가 극단껏 사치하는 동시에 개인과 국가는 흥하고 성하나니 그 개인과 국가의 노동률은 그만치 증진한 소이 올시다. 이것이 즉 우리의 갈망하는 바

문명한 국가입니다.

그러므로 남이 금의포식(錦衣飽食)할 때에 나는 악의악식(惡衣惡食)하는 것이 노동률이 부족하다는 타태(惰怠)의 표적이오, 동시에 망하고 쇠할 증거이외다. 이와 같이 조선 사람들의 인물 비평 표준을 보더라도 과연 생활에 여유 없는 것이 분명하고, 시세에 낙오자인 것을 알 것입니다.

연고로, 형의 검박설은 개인 수신론에 불과할 것이오. 대(大)함에 전인류, 소(小)함에 반도 이천 만인 하등의 계급을 불문하고 검박하라 제한하는 것은 무리의 청구요, 뿐만 아니라 인류의 진화적 본능을 무시하는 바외다.

그런고로 서양의 속담에, '작일의 사치품이 금일의 실용품'이라 한 것은 실로 금언(金言)이외다. 여(餘)는 차후 다시 여쭐 기회있을 듯, 간단히 그치오며, 형은 부디부디 이역 한창(異域寒窓)에서 건강 성취하시사 우리 앞에 있는 다대한 문제의 해결을 주소서.

Fortifications au nord de Paris
1925

모(母)된 감상기

이러한 심야 악가처럼 만사를 잊고 곤한 춘몽에 잠겼을 때 돌연히 옆에서 잠잠한 밤을 떠트리는 어린아이의 우는 소리가 벼락같이 난다. 이때에 나의 영혼은 꽃밭에서 동무들과 함께 웃어가며 "평화"의 노래를 부르다가 참혹히 깨졌다. 나는 벌써 만 일개 년간을 두고 하루도 거르지 않고 매일 밤에 이러한 곤경을 당하여 옴으로 이렇듯 "으아." 하는 첫소리가 들리자 "아이구, 또." 하는 말이 부지불각중(不知不覺中) 나오며 이맛살이 찌푸려졌다. 나는 어서 속히 면하려고 신식 차려 정하는 규칙도 집어치우고 젖을 대주었다. 유아는 몇 모금 홀짝홀짝 넘기다가 젖꼭지를 스르르 놓고 쌕쌕하며 깊이 잠이 들었다. 나는 비로소 시원해서 돌아누우나 나의 잠은 벌써 서천서역국(西天西域國)으로 속거천리(速去千里)하였다. 그리하여 다만 방 한가운데에 늘어져 환히 켜 있는 전등을 향하여 눈방울을 자주 굴릴 따름, 과거의 학창시대로부터 현재의 가정생활, 또 미래는 어찌 될까! 이렇듯 인생에 대한 큰 의문, 그것에 대한 나의 무식한 대답, 괴로움으로부터 시작하였으나 필경은 재미롭게 밤을 새우는 것이 병적으로 습관성이 되어버렸다.

정직히 자백하면 내가 전에 생각하던 바와 지금 당하는 사실 중에 모순되는 일이 한두 가지가 아니나 어느 틈에 내가 처(妻)가 되고 모(母)가 되었나? 생각하면 확실히 꿈 속 일이다. 내가 때때로 말하는 "공상도 분수가 있지!" 하는 간단한 경탄어가 만 이 개년간 사회에 대한 가정에 대한 다소의 쓴맛과 단맛을 맛본 나머지의 말이다. 실로 나는 재릿재릿하고 부르르 떨리며 달고 열나는 소위 사랑의 꿈은 꾸고 있었을지언정 그 생활에 비장(祕藏)된 반찬 걱정, 옷 걱정, 쌀 걱정, 나무 걱정, 더럽고 게으르고 속이기 좋아하는 하인과의 싸움으로부터 접객에 대한 범절, 친척에 대한 의리, 일언일동이 모두 남을 위하여 살아야 할 소위 가정이란 것이 있는 줄 누가 알았겠으며, 더구나 빨아댈 새 없이 적셔 내놓는 기저귀며 주야 불문하고 단조로운 목소리로 째째우는 소위 자식이라는 것이 생기어 내 몸이 쇠약해지고 내 정신이 혼미하여져서 "내 평생 소원은 잠이나 실컷 자보았으면." 하게 될 줄이야 누가 상상이나 하였으랴. 그러나 불평을 말하고 싶은 것보다 인생에 대하여 의문이 자라가며, 후회를 하는 것이 아니라 남보다 더 한 가지 맛을 봄을 행복으로 안다. 그리하여 내 앞에는 장차 더한 고통, 더한 희망, 더한 낙담이 있기를 바라며 그것에 지지 않을 만한 수양과 노력을 일삼아 가려는 동시에 정월의 대명사인 "나열의 모(母)"는 "모(母) 될 때"로 "모(母) 되기"까지의 있는 듯 없는 듯한 이상한 심리 중에서 "있었던 것을" 찾아 여러 신식 어머니들께 "그렇지 않습니까? 아니 그랬었지요?"라고 묻고 싶다.

재작년 즉 일천구백이십년 구월 중순경이었다. 그때 나는 경성 인사동 자택 이층에 병으로 누워 있으며 내객을 사절하였다. 나는 원래 평시부터 호흡불순과 소화불량병이 있으므로 별로 걱정할 것도 없었으나, 이상스럽게 구토증이 생기고 촉감이 예민해지며 식욕이 부진할 뿐 아니라 싫고 좋은 식물 선택 구별이 너무 정확해졌다. 그래서 언젠지 철없이 그만 불쑥 증세를 말했더니 옆에 있던 경험 있는 부인이 그것은 "태기요." 하는 말에 나는 깜짝 놀라 내놓은 말을 다시 주워드리고 싶었다. 그러나 내가 과연 부끄러워서 그랬던 것도 아니오, 몰랐던 것을 그때 비로소 알게 된 것도 아니었다. 그러나 이로부터 나는 먹을 수 없는 밥도 먹고 할 수 없는 일도 하여 참을 수 있는 대로 참아가며 그 후로는 '그 말'은 일절 입 밖에도 내지 않고 어찌하면 그네들로 의심을 풀게 할까 하는 것이 유일한 심려였다. 그러나 증세는 점점 심하여져서 이제는 참을 수도 없으려니와 참고 말 아니 하는 것으로만은 도저히 그네들의 입을 틀어막을 방패가 되지 못하였다. 그러나 그래도 싫다. 한 사람 더 알아질수록 정말 싫다. 마치 내 마음으로 '그런 듯'하게 몽상하는 것을 그네들 입으로 '그렇게' 구체화하려고 하는 듯 싶었다. 어쩌면 그다지도 몹시 미웠고 싫고 원망스러웠던지! 그리하여 이것이 혹시 꿈속 일이나 되었으면! 언제나 속히 이 꿈이 반짝 깨어 "도무지 그런 일 없다." 하여질까? 아니 그럴 때가 꼭 있겠지 하며 바랄 뿐 아니라 믿고 싶었다. 그러나 얼마 오래지 않아 믿던바 꿈이 조금씩 깨어져 왔다. "도무지 그럴 리 없다."고 고집을 세울 용기는 없으면서도 아직까지도 아이다, 태기다, 임신이다, 라고 꼭 집어내기는 싫었다. 그런 중에 배 속에서는 어느덧 무엇이 움직거리기 시작하는 것을 깨달은 나는 몸이 으슥해지고 가슴에서 무엇인지 무너지는 소리가 완연히 탕 하는 것같이 들렸다.

나는 무슨 까닭인지 몰랐다. 모든 사람의 말은 나를 저주하는 것 같고, 바람에 날려 들려오는 웃음소리는 나를 비웃는 것 같았다. 탕탕 부딪고 엉엉 울고도 싶었고, 내 살을 꼬집어줄 줄 흐르는 붉은 피를 또렷또렷 보고도 싶었다. 아아, 깃털 같기커녕 수심에 싸일 뿐이오, 우습기커녕 부적부적 가슴을 태울 뿐이었다. 책임 면하려고 시집가라 강권하던 형제들의 소위가 괘씸하고, 감언이설로 "너 아니면 죽겠다." 하여 결국 제 성욕을 만족하게 하던 남편은 원망스럽고, 한 사람이라도 어서 속히 생활이 안정되기를 희망하던 친구님네, "내 몸 보니, 속 시원하겠소." 하며 들이대고 싶으니만큼 악만 났다. 그때의 나의 둔한 뇌로 어찌 능히 장차 닥쳐오는 고통과 속박을 추측하였으랴. 나는 다만 여러 부인들에게 이러한 말을 자주 들어왔을 뿐이었다. "여자가 공부는 해서 무엇 하겠소. 시집가서 아이 하나만 나면 볼 일 다 보았지!" 하는 말을 들을 때마다 나는 언제든지 코웃음으로 대답할 뿐이오, 들을 만한 말도 되지 못할 뿐 아니라 그럴 리 만무하다는 신념이 있었다. 이 것은 공상이 아니라, 구미(歐米) 각국 부인들의 활동을 보든지, 또 제일 가까운 일본에도 여사야 정자는 십여 인의 어머니로서 매달 논문과 시가 창작으로부터 그의 독서하는 것을 보면 확실히 "아니하려니까 그렇지? 다 같은 사람, 다 같은 여자로 하필 그 사람에게만 이런 능력이 있으랴?" 싶은 마음이 있어 아무리 생각해보아도 내가 잘 생각한 것 같았다. 그리하여 그런 말을 하는 부인들이 많을수록 나는 더욱 절대로 부인하고, 결국 나는 그네들 이상의 능력이 있는 자로 자처하면서도 언제든지 꺼림직한 숙제가 내 뇌 속에 횡행했었다. 그러나 그 부인들은 이구동언으로, "네 생각은 결국 공상이다. 오냐, 당해보아라. 너도 별수 없지." 하며 나의 의견을 부인하였다. 과연 몇 년 전까지 나와 같이 앉아서 부인네들을 비난하며 "나는 그렇게 안 살 터이야." 하던 고등교육 받은 신여자들을 보아도 별다른 것 보이지 않을 뿐이라. 구식 부인들과 같은 살림으로 일 년, 이 년 예사로 보내고 있다는 것을 보면 아무리 전에 말하던 구식 부인들은 신용할 수 없더라도 이 신부인의 가정만은 신용하고 싶었다. 그것은 결코 개선할 만한 능력과 지식과 용기가 없지 않아서, 그러면 누구든지 시집가고 아이 낳으면 그렇게 되는 것인가? 되지 않고는 안 되는가?

그러면 나는 그 고뇌에 빠지는 초보(初步)에 서 있었다. 마

치 눈 뜨고 물에 빠지는 격이었다. 실로 앞이 캄캄하여 올 때
에 하염없이 눈물이 흘렀다. 그리하여 세상 일을 잊고 단잠에
잠겼을 때라도 누가 곁에서 바늘 끝으로 찌르는 것같이 별안
간 깜짝 놀라 깨어났다. 이러한 때는 체온이 차졌다 더워졌다
말랐다 땀이 흘렀다 하여 조바심이 나서 마치 저울에 물건을
달 때 접시에 담긴 것이 쑥 내려지고 추가 훨씬 오르는 것같이
내 몸은 부쩍 공중으로 떠오르고 머리는 천근만근으로 무거
워 축 처져버렸다.

　너무나 억울하였다. 자연이 광풍을 보내어 겨우 방긋한 꽃
봉오리를 참혹히 꺾어버린다 하면 다시 누구에게 애소(哀訴)
할 곳이 있으리오마는, 그래도 설마 자연만은 그럴 리 없을 듯
하여! 애원하고 싶었다. "이렇게 억울하고 원통한 일도 또 있
겠느냐?"고.

　나는 할 일이 많았다. 아니, 꼭 해야만 할 일이 부지기수였
다. 게다가 내 눈이 겨우 좀 뜨이려고 하는 때였다. 예술이 무
엇이며 어떠한 것이 인생인지 조선 사람은 어떻게 해야 하겠
고 조선 여자는 이리 해야만 하겠다는 것을, 이 모든 일이 결
코 타인에게 미룰 것이 아니고 내가 꼭 해야 할 일이었다.

　2.

　그것은 의무나 책임 문제가 아니라 사람으로 태어난 본의
라고까지 나는 겨우 좀 알아왔다. 동시에 내 과거 이십여 년

생애는 모든 것이 허위요, 나태요, 무식이요, 부자유요, 허영의 행동이었다고 생각했다. 나는 과연 소위 전문학교까지 졸업하였다고 하나, 남이 알아볼까 겁날 정도로 사실 허송세월의 학창 시절이었고, 결국 유명무실한 몰상식한 데서 벗어날 수 없는 몸이 되었다. 인생을 비관하며 조선 사람을 저주하고 조선 여자에게 실망하였었다. 쓸데없이 부자유의 불평을 주창(主唱)하였으며, 오늘 할 일을 내일로 미루어버리는 일이 많았다. 나는 내게서 이런 모든 결점을 찾아낼 때 조금도 유망한 아무 장점이 보이지 않았다. 그러나 내게는 유일무이한 사랑의 힘이 옆에 있었고, 또 아직 이십여 세 소녀로 전도의 요원(遼遠)한 세월과 시간이 내 마음껏 살아가기에 너무나 넉넉하였었다. 이와 같이 내게서 넘칠 만한 희망이 생겼다. 터지지 않을 듯한 단단한 긴장력이 발했다. 전 인류에게 애착심이 생기고, 동포에 대한 의무심이 나며, 동류(同類)에 대한 책임이 생겼다. 이때와 같이 작품을 낸 적이 없었고, 이때와 같이 독서를 한 일이 적은 생애이나마 과거에 한 번도 없었다. 나는 이 마음이 더 견고해질지언정 약해질 리는 만무하고, 내 희망이 새로워질지언정 고정될 리는 만무하리라고 굳게 신앙하고 있었다. 즉, 내가 갈 길은 지금이 출발점이라고 하였다. 더구나 내게는 이러한 버리지 못할 공상이 있어서 나를 많이 도와주었다. 내가 불행 중 다행으로 반년 감옥 생활 중에 더할 수 없는 구속과 보호와 징역과 형벌을 당해 가면서라도 옷

La Ferme Debray
1924

자락을 찢어 손톱으로 편지를 써서 운동시간에 내던지던, 가진 기묘한 일이 많았던, 조그마한 경험상으로 보아 "사람이 하려고 하는 마음만 있으면 별 힘이 생기고 못할 일이 없다."고, 이것만은 굳게 맛보았던 생각으로 잊을 수 없이 내 생활 전체를 지배하고 있었다. 내 독신생활의 내용이 돌변함도 이 때문이었다. (지금까지는 아직 그 마음이 있지만) 그와 같이 나는 희망과 용기 가운데서 펄펄 뛰며 살아갈 때였다.

여러분은 이제 나를 공평정대히 심판하실 수 있겠다. 참 정말 억울했다. 이 모든 희망이 없어지는 것이 원통하였다. 이때에 마음속 깊이 세속적인 자살의 의미보다 더 악착하고 원한이 서린 자살을 결심하였었다. 어떻게 저를 죽이면 죽는 제 마음까지 시원할까 생각했다.

생(生)의 인연이란 참으로 이상스러운 것이다. 나는 이 중에서 다시 살아갈, 되지 못한 희망이 생겼다. "설마 내 뱃속에 아해가 있겠는가. 지금 뛰는 것은 심장이 뛰는 것이다. 나는 조금도 전과 변함없이 넉넉한 시간에 구속 없이 돌아다니며 사생도 할 수 있고 책도 볼 수 있다."고 생각할 제 나는 불만스럽지만 광명이 조금 보였다. 그러나 이와 같이 침착하게 정리되었던 내 속에서 어느덧 모든 것이 하나씩 둘씩 날아가버리고, 내 속은 마치 고목처럼 속이 비었으면서도 살아 있는 듯 텅 비어 공중에 떠 있고 나의 생명은 다만 혈액순환에다가 제 목숨을 맡겨버렸다.

지금 생각건대, 하느님께서는 어찌 해서든 나 하나만은 살려 보시려 퍽 고생을 하신 것 같다. 그리하여 내게는 전생에서부터 너는 후생에 나가 그렇게 살지 말라는 무슨 숙명의 상급을 받아 가지고 나온 모양이었다. 왜 그러냐 하면, 나는 그 중에도 무슨 책을 보았었다. 그러나 어느 날, 심야에 책을 읽다가 별안간 놀라 옆에서 곤히 자던 남편을 깨워 임신 이래로 내 심리를 이야기하며, 나를 두 달간만 동경에 다시 보내주지 않으면 다시 살아날 방책이 없다고 하니, 고마운 그는 나에게 쾌락(快諾)해주었다. 쾌락을 받는 순간, "저와 같이 고마운 사람과 아무쪼록 잘 살아야지."라는, 내게는 예상치 못했던 이중의 기쁨이 생겼다.

　나는 이상스럽게도 몽상의 세계에서 실제의 세계로 넘어 뛴 것 같았다. 아니, 뛰어졌었다. 이 두 세계의 경계선을 정확히 갈라 밟은 때는 내가 회당에서 목사 앞에 서서 이성에 대하여 공동 생애를 언약할 때보다 오히려 이때였다. 나는 비로소 시간 경제의 타산(打算)이 생겼다. 다른 것은 다 예상하지 못하더라도, 아해가 나면 적어도 내 시간의 반은 그 아해에게 바치게 될 것쯤이야 추측할 수 있었다. 그리하여 일분이라도 내게 족할 때에 전에 허송한 것을 조금이라도 보충할까 하는 동기가 생겼다. 그러므로 내 동경행은 비교적 침착하였고, 긴장하여 일분일각을 아끼며 전문 방면에 전심치지(專心致志)하였다. 과거 사오 년간의 유학은 전혀 헛것이오, 내가 동경에 가

서 공부를 했다고 말하려면 오직 이 두 달뿐이었다. 내게는 지금도 그때의 인상밖에 남은 것이 없다. 그러나 나는 동창생 중 미혼자를 보면 부러웠고, 더구나 활기 있고 건강한 그들의 안색, 그들의 체격을 볼 때 밉고 심사(心思)가 났다. 이렇게 수심에 싸인 남 모르는 슬픔 속에서 어느 동무는 아직 내가 출가하지 않은 줄 알고 "羅さんも 戀人が 居るでしょね(라상도 애인이 있어야겠지요)." 하고 놀렸다. 나는 어물어물 "ぃ — ぇ(아니요)." 하고 대답하면서도 속으로 '나는 벌써 연애의 출발점에서 자식이라는 표지(標地)에 도달한 자다.'라고 하였다. 어쩐지 저 처녀들과 자리를 같이 할 자격까지 잃은 몸 같기도 하였다. 그들의 천진난만한 것이 어찌 부럽고 탐이 나던지 무슨 물건 같으면 어떤 형벌을 당하더라도 도둑질을 했을지도 몰랐다. 나는 이와 같이 내가 처녀 때에 기혼한 부인을 싫어하고 미워했던 감정을 도리어 내 자신이 받게 되었다. 그러나 그럭저럭 나는 벌써 임신 육 개월이 되었다.

그러면 입으로는 "사람이 무엇이든지 아니하려니까 그렇지 안 될 것이 없다……."고 하면서 아해 하나쯤 생긴다고 무슨 그다지 걱정될 것이 있나. 몇 자식이 주렁주렁 매달릴수록 그 중에서 남 못하는 일을 하는 것이 자기 말의 본의가 아닌가? 그러나 먼저 나는 어떠한 세계에서 살았었다는 것을 좀 더 말할 필요가 있다.

나는 실로 공상과 이상 세계에 살아온 자였다. 그러므로 실세계와는 마치 동서양이 현저히 차이가 나는 것과 같았고, 아니 그보다도 더 멀고 멀어서 나 같은 사람은 도저히 거기에까지 가볼 것 같지도 않았다. 그러나 남들이 보기에는 내가 벌써 결혼 세계로 들어설 때가 곧 실제 세계의 반쯤까지 온 것이었다. 그러나 내 심리도 그러하지 않았고, 또한 결혼생활의 내용도 역시 전혀 공상과 이상 속에서 살아왔다. 원래 내가 남의 아내가 되기 전에는 그 사실을 몹시 무섭고 어렵게 생각하였다. 그래서 나 같은 사람은 도무지 남의 아내가 될 기회가 생전에 있을 것 같지 않았다. 그러던 것이, 자각이나 자원(自願)보다도 우연한 기회로 타인의 처(妻)가 되고 보니 결혼생활이란 너무나 쉬운 일 같았다. 결혼생활을 싫어하던 첫째 조건이었던 공상 세계에서 떠나기 싫던 것도, 웬일인지 결혼한 후에는 그 세계의 범위가 더 넓고 커질 뿐이었다. 그러므로 독신생활을 주창하는 것이 너무 쉽고도 어리석어 보였다. 또한 결혼생활을 회피하던 두 번째 이유로 '구속을 받을 테니까' 했던 것도, 무슨 까닭인지 별안간에 심신이 매우 침착해지며 온 세계 만물이 내 앞에서는 모두 굴복하는 것 같고, 조금도 구속될 것이 없었다. 이는 내가 결혼생활 후 석 달 동안 경성 시가지를 한 바퀴 돌고, 학교에 매일 출근하며, 또한 열정과 정성을 다한 작품이 수십 개나 된 것으로 충분히 증거가 될 수 있다. 그렇게 된 그 사실이 곧 실세계라 할지는 모르겠으나, 나는 도저히 공상과 이상 세계에서 떠나서는 이러한 정력이 계속될 수 없으며, 이러한 신비로운 생활을 할 수 없었으리라고 확신한다. 그러나 여기까지 이르러서도 어머니가 될 생각은 조금도 없었다. 혹시 생각해 본 일이 있다면, 부인 잡지 같은 것을 본 후 잠시 머릿속에 그려본 것이 전부였다. 그래서 아내가 되어볼 생각을 해볼 때에는 하나에서 둘, 둘에서 셋, 그렇게 힘들지 않게 요리조리 배치해볼 수 있었으나, 어머니가 될 생각을 해볼 때에는 하나가 태어나고 한참 있다 둘이 태어나며, 그다음부터는 결코 태어나지 않을 것 같았다. 그리되면 더 생각해 볼 것도 없이 떠오르던 생각은 싹싹 지워버렸다. 그러나 다른 것으로 이처럼 답답하고 알 수 없을 때 내가 비관하여 몸부림치던 것에 비하면, 너무 태연하였고 너무 낙관적이었다. 이와 같이 나에게 '어머니'의 세계는 숫자로 계산할 수 없을 만큼 멀고 먼 세계였다. 실로 나는 내 눈앞의 무궁무진한 사물에 대하여 배울 것이 너무 많고, 알 것이 너무 많았다. 그러므로 그 멀고 먼 세계의 일을 지금부터 끌어당기는 것이 너무 부담스럽고 염치없는 일일 뿐 아니라, 불필요하다고 생각하였다. 그래서 혹여 그런 쓸데없는 것이 나와 내 머리에 해가 될까 하여, 조금이라도 눈치가 보이는 듯하면 재빨리 집어치웠다. 그러면 내가 주장하는 말이 허위가 아니냐고 비난할 수도 있겠으나, 과연 모순된 일이었다. 그러나 생각해 보면 당연한 일이 아닐까도 싶다. 즉, 지식이나 상상만으로는 알아낼 수 없는 사실이 있다. 다시 말하면, 이것이 사랑의 필연이요, 불임의 혹은 우연의 결과로 치더라도, 우리 부부 사이에는 자식에 대한 욕망, 부모가 되고자 하는 욕심이 없었다.

　(미완)

　3.

　나는 분만기가 다가올수록 이러한 생각이 났다. '내가 사람의 '어머니'가 될 자격이 있을까? 그러나 자격이 있으니까 자식이 생기는 것이지.' 아무리 이리저리 있을 듯한 것을 짚어보아도, 생리적 구조의 자격 외에는, 겸손한 말이 아니라 정신적으로는 아무 자격도 없다는 결론밖에 나지 않았다. 성품이 조급하여 조금씩 자라나는 것을 기다릴 수 없을 것만 같고, 과민한 신경이 늘 고독을 찾기에, 무시로 울음소리를 참아낼 만한 인내성이 있을 것 같지도 않았다. 더구나 무지하고 몰각하니, 무엇으로 그 아이에게 숨어 있는 천분과 재능을 틀림없이 열어 인도할 수 있겠으며, 또 만일 먹여주는 남편에게 불행이 닥친다면, 나와 그의 두 생명을 어떻게 보존할 수 있을까. 그리고 나의 그림은 점점 불충실해지고, 독서는 시간을 내지 못할 것이다. 다시 말하면, 나는 내 자신을 교양하여 사람답고 여성답게, 그리고 개성적으로 살아갈 만한 내용을 준비하려면 깊이 있는 사색과 공부, 그리고 실천을 위한 많은 시간이 필요하였다. 그러나 자식이 생기고 나면 그러한 여유는 도저히 있을 것 같지도 않으니, 아무리 생각해보아도 나에게는 쓸데없는 일 같았고, 내 개인적 발전에는 큰 방해물이 생긴 것 같았다. 이해와 자유 속에서 행복한 생활을 두 사람 사이에 하게 되고, 다시 얻을 수 없는 사랑의 창조이자 구체화이며 해답인 줄 알면서도, 마음속에서 솟아오르는 행복과 환락을 느낄 수 없는 것이 얼마나 슬픈지 몰랐다.

나는 자격 없는 어머니 노릇을 하기에는 너무나 양심이 허락하지 않았다. 마치 자식에게 죄악을 짓는 것만 같았다. 그리고 인류에 대해 면목이 없었다. 그렇게 생각다 못하여 필경 낙태를 해버리겠다고 생각해보았다. 법률상, 도덕상으로 나를 죄인이라 하여 형벌을 받더라도 조금도 뉘우칠 것 같지 않았다. 그러나 이것은 실제로 그 상황에 당면했을 때 순간적으로 일어나는 추악한 감정에 불과했다. 두 개의 인격이 결합하고 사랑이 융화된 자타의 존재를 망각할 만큼, 영혼과 육체가 절대적인 고통 앞에 섰을 때 내가 충분히 예상할 수 없는 망상에 지나지 않았음을 깨달았다. 나는 정신을 수습하는 동시에 몸서리를 쳤다. 이는 다만 내 자신을 모멸하는 일이었으며, 두 사람에게 모욕을 줄 뿐이라는 것을 진실로 깨닫고 통곡하였다. 좀 더 해부적으로 말하자면, 나는 항상 개인으로 살아가는 여성도, 중대한 사명이 있는 동시에 종족으로 살아가는 여성의 능력도 위대하다는 이성과 이상을 지니고 있었다. 그리고 성적 해방이 먼저 이루어져야 여성의 개성이 충분히 발현될 수 있으며, 또한 그것이 '진리'라고 말하는 것과는 너무나 모순이 크고 충돌이 심했다.

내게 조금 자존심이 생기자 불안과 위축의 마음이 불길처럼 솟아올랐다. 동시에 절대적으로 요구하는 조건이 생겼다. 이미 자식을 낳을 지경이라면, 평범한 아이를 낳고 싶지는 않았다. 보통 이하의 존재를 세상에 내놓고 싶지 않았다. 보통 이상의 아름다운 얼굴에 마력을 지닌 표정, 다시없을 천재적인 재능, 특출한 개성과 맹진할 용기를 갖춘 자를 낳고 싶었다. 그렇다면 아들이든 딸이든 상관없었다. 그러나 남자는 소위 완성자가 많다고 하니, 차라리 딸을 낳아 내가 해보지 못한 것을 하게 하고 싶었다. 한 여자라도 완성자로 키워보고 싶었다. 그래서 만일 딸이 태어날 것이라면, 좀 더 완벽한 자질을 갖추고 태어나기를 간절히 기원했다. 그러나 낙심이다, 실망이다. 내 배 속에 있는 것은 보통은 고사하고 불구자일 것이다. 병신일 것이다. 배 속에서 꿈틀거리는 것은 지랄하는 것이고, 태어나면 미친 짓하고 돌아다닐 것이 뻔하다. 이것은 전적으로 내 죄다. 임신 중에는 웃고 기뻐해야 한다는데, 항상 울고 슬퍼했다. 안심하고 숙면해야 좋다는데, 끊임없는 번민 속에서 불면증으로 지냈다. 자양식을 많이 먹어야 한다는데, 식욕이 부진했다. 그렇게 못된 태교만 모조리 해놓았으니, 어찌 감히 완전한 아이가 태어나기를 바랄 수 있겠는가. 눈이 비뚤어졌든지, 입이 세로 찢어졌든지, 허리가 꼬부라졌든지, 그런 악마 같은 것이 나와서 "이것이 네 죄값이다."라고 할 것만 같았다. 몸서리가 처지고 사지가 벌벌 떨렸다. 이러한 생각이 깊어질수록 정신이 아득하고 눈앞이 감감해졌다. 아아, 내 몸은 사시나무 떨 듯 떨렸다.

그러나 세월은 빠르기도 하다. 한번도 진심으로 희망과 기쁨을 느껴보지 못한 채, 어느덧 만삭이 당도했다. 참 천만 의외의 기이한 일이 있었다. 이 사실만은 꼭 정말로 알아주기를 바란다. 그 이듬해 사월 초순경이었다. 남편은 외출하여 없고, 두 개의 방 사이에 있는 중간 벽에 늘어져 있는 전등이 전에 없이 밝게 비추인 온 세상이 잠든 듯한 고요한 밤 열두 시경이었다. 나는 분만 후, 영아에게 입힐 옷을 백설 같은 가제로 두어 벌 말려서 꾸미고 있었다. 대중을 할 수 없어서 어림껏 조그마한 인형에게 입힐 만하게 팔 들어갈 데, 다리 들어갈 데를 만들어서 방바닥에다 펴놓고 보았다. 나는 부지불식간에 문득 기쁜 생각이 넘쳐올랐다. 일종의 탐욕성인 불가사의한 희망과 기대, 환희의 마음을 느끼게 되었다. 어서 속히 나와 이것을 입혀보았으면, 얼마나 곱고 사랑스러울까. 곧 궁금증이 나서 못 견디겠었다. 진정으로 그 얼굴을 보고 싶었다. 그렇게 만든 옷을 개었다 폈다 놓았다 만졌다 하고 기뻐 웃고 있었다. 남편이 돌아와 내 안색을 보고 그는 같이 좋아하고 기뻐하였다. 두 사람 사이에는 무언 중에 웃음이 밤새도록 계속되었다. 이는 결코 내가 일부러 기뻐하려던 것이 아니라, 순간적인 감정이었다. 이것만은 역설을 더하지 않고 자연스

Rue de Crimea, Paris

럽게 오래 두고 싶다. 임신 중 한 번도 없었고, 분만 후에도 한
번도 없는 경험이었다.

그달 이십구일 오전 두 시 이십오 분이었다. 내가 지금까지
가졌던 병과 알았던 아픔에 비할 수 없는 고통을 거의 십여 시
간 겪어 기진하였을 때 이 세상이 무엇이 그다지 볼 만한 곳인
지 구태여 기어이 나와서 '으앙으앙' 울고 있었다. 그때 나는
몇 번이나 울었는지 산파가 어떻게 하며 간호부가 무엇을 하
고 있는지 도무지 모르고, 시원한 것보다 아팠던 것보다 무슨
까닭 없이 대성통곡하였다. 다만 서러울 뿐이고 원통할 따름
이었다. 그 후 병원 침상에서 '스케치북'에 이렇게 쓴 것이 있
다.

아프다 아파

참 아파요 진정

과연 아픈데

푹푹 쑤신다 할까

씨리씨리타 할까

딱딱 결린다 할까

쿡쿡 찌른다 할까

따끔따끔 꼬집는다 할까

찌르르 저리다 할까

깜짝깜짝 따갑다 할까

이렇게 아프다고나 할까
아니라 이도 아니라

박박 뼈를 긁는 듯
짝짝 살을 찢는 듯
바짝바짝 힘줄을 옥이는 듯
쭉쭉 핏줄을 뽑아내는 듯
살금살금 살점을 저미는 듯
오장이 뒤집혀 쏟아지는 듯
도끼로 머리를 부수는 듯
이렇게 아프다고나 할까
아니라 이도 또한 아니라

조그맣고 샛노란 하늘은 흔들리고
높은 하늘 낮아지며
낮은 땅 높아진다
벽도 없이 문도 없이
통하여 광야가 되고
그 안에 있는 물건
쌩쌩 돌다가는
어쩌면 있는 듯
어쩌면 없는 듯

어느덧 맴돌다가
가진 빛 찬란하게
그리도 곱던 색에
매몰히 씌워주는
검은 장막 가리우니

이 내 작은 몸
공중에 떠 있는 듯
구석에 끼워 있는 듯
침상 아래 눌려 있는 듯
오그라졌다 펴졌다
땀 흘렸다 으스스 추웠다
그리도 괴롭던가!
그다지도 아프던가!

차라리
펄펄 뛰게 아프거나
쾅쾅 부딪게 아프거나
끔벅끔벅 기절하듯 아프거나
했으면
무어라 그다지
십분 간에 한 번

오분 간에 한 번
금세 목숨이 끊어질 듯이나
그렇게 이상히 아프다가
흐릿한 날에 햇빛 나듯
반짝 정신이 상쾌하며
언제나 아팠냐는 듯
무어라 그렇게
갖은 양념을 더하는지
맛있게도 아파라

어머님 나 죽겠소,
여보 그대 나 살려주오
내 심히 애걸하니
옆에 팔짱 끼고 섰던 부군
"참으시오" 하는 말에
이놈아 듣기 싫다
내 악 쓰고 통곡하니
이 내 몸 어쩌다가
이렇게 되었던고
(일천구백이십일년 오월 팔일, 산욕 중에서)

4.

　분만 후 이십사 시간이 되자 산파는 갓난아이를 다른 침대에서 담고 안아다가 예사로이 내 옆에다가 살며시 누이며 "이젠 젖을 주어도 되겠소." 한다. 나는 조금 놀라 "응? 무엇?" 하며 물으니, 그녀는 생긋 웃으며 "첫 애기지요? 아마." 한다. 부끄럽고 이상스러워서 아무 대답도 하지 않았다. 그녀는 벌써 눈치를 챘는지 자기 손으로 내 젖을 빼내서 주물러 풀고 나서는 "이렇게 먹이라."고 내 팔 위에다가 갓난아이의 머리를 얹어 그 입이 내 젖에 닿을 만치 대어주며 젖 먹이는 방법을 가르쳐주었다. 나는 어쩐지 몹시 선뜻했다. 냉수를 등에다 쭉 끼치는 듯하였다. 나를 낳고 기른 부모도, 또 골육을 같이 한 형제도, 죽자사자 하던 친구도 아직 내 젖을 못 보았고 물론 누구의 눈에든지 보일까 봐 퍽 비밀히 감추어 두었었다. 그 싸고 싸둔 가슴을 대담히 헤치며 아직 입김을 대어보지도 못한 내 두 젖을 공중에 펼쳐보라는 명령자는 어제야 겨우 세상 구경을 한 핏덩어리였다.

　이게 웬일인가? 살은 분명히 내 몸에 붙은 살인데 절대적인 소유자는 저 작은 핏덩어리로구나!……

　그리하여 저 소유자가 세상에 나오자마자 으레 제 물건 찾듯이 불문곡직하고 찾는구나! 나는 웃음이 나왔다. "세상 일이 이다지 허황된가?" 하고. 그리고 "에— 라 가져 가거라." 하는 퉁명스러운 생각으로 지금까지 마다 두었던 두 젖을 저 작은 소유자에게 바쳤다. 그리고 그 다음 회를 기다리고 있었다. 그 작은 주인은 아주 예사롭게 젖을 덥석 물더니 쉴 새 없이 마음은 힘이 되고 있었다. 내 큰 몸뚱이는 그 작은 입을 향하여 쏠리고, 마치 허다한 임의의 점과 점을 연결하면 초점에 다다르듯 내 전신 각 부분의 혈맥을 그 작은 입술의 초점으로 모아드는 듯 싶었다. 이와 같이 벌써 모가 된 선고를 받았다.

그러나 설상에 가상이다. 육십일 동안은 겨우 부지하며 가더니 그 후부터는 일절 젖이 나오지 않는다. 이런 일은 빈혈성인 모체에 흔히 있는 사실이지만 유모를 구하려 해도 입에 맞는 유모를 찾기 힘들어 그리 쉽게 구할 수 없고, 밤중과 같은 경우에는 자기의 젖으로 용이하게 재울 수 있을 것도, 수저를 피운다거나 그릇을 가져온다거나 우유를 데운다 하는 동안에 어린애는 금방 죽을 듯이 파르르 떨며 질러서 난가를 만든다. 그러나 겨우 먹여 재워 놓고 누우면 약 두 시간 동안은 도무지 잠이 들지 않는 것이 보통이었으나, 어쩌다 잠이 들 듯하다가도 다시 일어나서 못 살게 군다. 이러한 견딜 수 없는 고통이 몇 달 간 계속되더니 심신의 피곤은 이젠 극도에 달하여 정신에는 광증이 발하고 몸에는 종기가 나기 시작했다. 내 눈은 항상 쓴 눈이었고, 몸은 마치 도깨비 같아 해골만 남았다.

그렇게 내가 전에 희망하고 소원했던 모든 것보다 오히려 아침부터 저녁까지 하루 종일만 아니면, 그는 바라지 못하더라도 한 시간만이라도 마음을 턱 놓고 잠 좀 실컷 자 보았으면 당장 죽어도 원이 없을 것 같았다. 나도 전에 잠잘 시간이 넘칠 정도로 잠에 대해 몰랐는데, 이제 '잠'처럼 의미 깊은 것이 없다는 것을 안다. 모든 성공, 모든 이상, 모든 공부, 모든 노력, 모든 경제, 모든 낙관의 원천은 결국 이 '잠'이다. 숙면을 한 후에는 식욕이 나고 식욕이 있으면 많은 반찬이 필요 없으며 소화도 잘 되어 건강할 것이다. 건강한 신체는 건강한 정신의 기본이다. 이와 같이 어찌 보면 '잠' 없이는 살 수 없다는 것이다.

진실로 잠은 보물이고 귀한 것이다. 그런 것을 빼앗아 가는 자식이 생겼다면 이에 더한 원수는 다시 없을 것이다. 그렇기 때문에 나는 "자식이란 모체의 살점을 씹어 가는 악마"라고 정의를 내리고 여러 번 숙고하여 볼 때마다 이런 걸작이 없을 듯이 생각했다. 나는 이러한 애소의 산문을 적어두었던 일이 있었다.

　　세인들의 말이
　　실연한 나처럼
　　불쌍하고 가련하고
　　참혹하고 불행한 자는
　　또 없으리라고
　　아서라 말아라
　　호강에 겨운 말

여기 나처럼

눈이 꽉 붙고

몸이 착 붙어

어쩔 수 없을 때

눈 떠라 몸 일으켜라

벼락 같은 명령 받으니

네게 대한 형용사는

쓰기까지 싫어라.

　잠 오는 때에 잠 자지 못하는 자처럼 불행한 고통은 없을 터
이다. 이것은 실로 '이브'가 선악과를 따먹었다는 죗값으로 하
나님의 분풀이보다 너무 참혹한 저주다. 나는 이러한 첫 경험
으로 인해 태고부터 지금까지의 모―든 모(母)가 불쌍한 줄을
알았다. 더구나 조선 여자라면 말할 것도 없다. 천신만고로
양육하려면 아들이 아니오 딸이라고 구박하여 그 벌로 첩을
두는 것이다. 이러한 야수적 멸시 속에서 살아갈 때 그 설움
이 어떠할까. 그러나 부득이하나마 그들의 몸에는 살이 있고
그들의 얼굴에는 웃음이 있다. 그들의 생활은 전혀 현재를 희
생하여 미래를 희망하는 수밖에 살 길이 없었다. 오죽하면 그
런 삶을 계속해오겠냐마는 그들의 진정에서 우러나오는 연애
심이며, 이것을 어서 속히 길러서 '그 덕에 호강을 해야지' 하
는 희망과 환락을 생각할 때, 실로 그들에게는 잘 수 없고 먹

을 수 없는 고통도 고통이 아니오, 양육할 번민도 없고, 구박받는 비애를 잊었으며 궁구하는 적막이 없었다. 말하자면 자연 그대로의 하느님, 그 몸대로의 선하고 미한 행복의 생활이었다. 그러므로 한 사람의 어머니보다 두 사람, 세 사람 다수의 어머니가 될수록 천당생활로 화해간다고 할 수 있다.

나는 어느 심야에 잠이 오지 않아 조바심이 날 때 문득 이런 생각이 솟아 오르자 주먹을 불끈 쥐고 벌떡 일어나 앉았다.

옳지. 인제는 알았다! 부모가 자식을 왜 사랑하는지? 날더러 아들을 낳지 않고 왜 딸을 낳느냐고 하는 말을 나와 같이 자연을 범하려는, 아니 범하고 있는 죄의 피가 전신에 중독이 된 자의 일시적인 반감에서 나온 말이지마는 확실히 일면으로 진리가 된다고 자긍한다. 부모가 자식을 사랑하는 것은 솟아오르는 정이라고들 한다. 그러면 아들이나 딸이나 평등으로 사랑할 것이다. 어찌하여 한 부모의 자식에 대해서 출생시부터 사랑의 차별이 생기고 조건이 생기고 요구가 생길까. 아들이니 귀하고 딸이니 천하며, 여자보다 남자, 약자보다 강자, 패자보다 우자가 되어버리는 절대적인 타산이 생기는 것이 웬일인가. 이 사실을 보아서는 그들의 소위 솟는 정이란 것을 믿을 수 없다. 그들의 내면에는 어떤 비밀이 감추어져 있는 것이 분명하다. 나는 지금까지 항상 부모의 사랑을 절대적으로 찬미해왔다. 연인의 사랑, 친구의 사랑은 절대적인 보수적인 반면에 부모의 사랑만은 영원무궁한 절대의 무보수적 사랑이라 하였다. 그러므로 나는 조실부모한 것이 섭하고 분하고 원통하여 다시 그런 영원의 사랑 맛을 보지 못할 비애를 감할 때마다 견딜 수 없었다. 그러나 그것은 나의 오해였음을 알게 되었고, 다시 낙심되었고 실망하였다. 정이 떨어졌다. 그들은 자식인 우리들에게 절대적인 효를 요구하여 보은하라 명령한다. 효는 백행지본이오 죄 막대어 불효라 하며, 부몰에 삼년을 무개어부지도 하야 가위효라 하였다. 그렇게 자식은 부모의 절대적 노예였으며, 부속품이었고 일생을 두고 부모를 위하여 희생하는 물건이 되어버렸다. 이처럼 사랑의 분량과 보수의 분량이 늘 평행하거나 어찌한가 하는 돌이 되어 보수 편에 중한 것이 있었다. 이렇게 우애나 연애에 다시 비할 수 없는 절대적 보수적 사랑이었고 악독한 사랑이었다. 그러므로 절대적인 타산이 생기고 이기심이 발하여 국가의 흥망보다도 개인의 안일을 취함에는 딸보다 아들의 수효가 많아야만 하였고, 딸은 무식하더라도 아들은 박식하여야만 말년의 호강을 볼 수 있다는 것이었다. 그들이 아들에 대해 미래에는 얼마나 무한한 희망과 쾌락이 있는지, 아니면 고통과 번민의 시간이었는지 알 수 있다. 이는 능자보다 무능자에게 강하고 개명국보다 야만국 부모에게만 있는 사실이다. 나는 다시 부모의 사랑을 원치 않는다. 일찍이 부모를 여읜 것은 내 몸이 자유로 해방된 것이오, 내 일이 국가나 인류를 위하는 일이 되게 해주었고, 이것이 천만 행복의 몸이 되었다. 당돌하지만 나는 마지막으로 이런 감상을 말하고 싶다.

세인들은 항상, 어머니의 사랑이라는 것은 처음부터 어머니된 자 마음 속에 구비되어 있다고 말하지만, 나는 전혀 그렇게 생각하지 않는다. 혹시라도 두 번째부터 어머니가 되어서야 있을 수 있다고 생각한다. 즉, 경험과 시간을 경과해야만 생기는 듯 싶다. 속담에 "자식은 내리 사랑이다." 하는 말에 진리가 있는 듯 싶다. 그 말을 처음 한 사람은 혹시 나와 같은 감정으로 한 말이 아닐까 싶다. 최초부터 구비되어 있는 것이 아니라 적어도 오육삭 간의 장시간을 두고 포육할 동안, 영아의 심신에는 기묘한 변천이 생겨 그 천사의 평화한 웃음으로 어머니 마음을 자아낼 때, 이는 나의 혈육으로 된 것이고 내 정신에서 생긴 것이라 의식할 순간에 비롯되며, 짜릿짜릿한 어머니 된 처음 사랑을 느끼지 않을 수 없다. (내 경험상으로 보아 대동소이한 통성으로) 모심에 이런 싹이 나서 점점 넓고 커갈 가능성이 생긴다. 그러므로 '솟는 정'이라는 것은 순결성, 즉 자연성이 아니고 단련성이라 할 수 있다. 이는 종종 있는 유모에게 맡겨 포육한 자식에게는 별로 어머니의 사랑이 그다지 솟지 않는 것을 보면 알 수 있다. 환언하면 천성으로 구비한 사랑이 아니라 포육할 시간 중에서 발하는 단련성이 아닐까 싶다. 즉, 그런 솟아오르는 정의 본능성이 없다는 부인설이 아니라 자식에 대한 정이라고 별다른 것은 아니라고 말하고 싶다. 그 다음에 나는 자식의 필요를 아무렇게 하여서라도 알고 싶다. 그러나 용이하게 해득할 수는 없다. 차대를 낳아 차대를 교양하는 것은 일반 부인에게 내린 천직이다. 자연의 주장이고 발전이다. 이런 개념적인 이지와 내 마땅한 감정과는 너무 거리가 멀어진 듯 싶다. 생물은 종족번식의 목적으로 태어나고 활동하니, 라는 말도 내게는 아무 관련 없는 듯싶다. 가정에 아해가 없으면 너무 단순하니, 달리 더 복잡하게 살 방침이 많은데, 연로하여 의지하려니, 나는 늙어 무능해지거든 깊은 삼림 속 포근포근한 녹계색 잔디 위에서 자결하리라는데, 이 소리만 좀 안 들었으면 고적한 맛을 더 볼 듯싶으며, 이 방해물이 없으면 침착한 작품도 낼 수 있을 듯싶고 자식으로 인한 피곤, 불건강이 아니면 아직도 많은 정력이 있을 터인데, 오히려 이것으로 인하여, 이렇게 절대적인 필요의 반비례로 절대적인 불필요가 나오게 된다. (통성이 아니라 독단으로) 그동안 나는 자식의 필요로 족할만한 안심을 얻었을 것이다.

사람은 너무 억울한 모순 속에 칩복(蟄伏)하여 있다. 그의 정신은 영원히 자라갈 수 있고, 그의 이상은 무한으로 자아낼 수 있지만, 그의 생명의 시간이 유한 중에 너무 단촉(短促)하고, 그의 정력이 무능 중에 너무 유한되다. 이렇게 무한적인 정신에 유한적인 육신으로 창조해낸 조물주도 생각해보니 너무 할 일이 없는 듯 싶어 이에 자식을 낳으면서 자신이 실행하지 못한 이상을 자식에게 실현하게 하려는 듯 싶다. 그렇게 한 사람의 이상 중에는 미술도 문학도 음악도 의학도 철학도 교육도 보는 대로, 듣는 대로 하고 싶지만, 재능이 부족할 뿐 아니라 정력이 계속 못 되어 결국 하나나 혹은 둘 정도밖에 이루지 못한다. 즉, 문학가로 음악을 다 알 도리가 없다. 다른 모든 것에는 시간을 바칠 여가가 없다. 이럴 때 미술을 좋아하는, 혹은 의학이나 철학을 좋아하는 아들이 자라가며 자신이 좋아하는 것을 다 못 실행하게 되는 것을 간접적으로 두 번째 자기 몸에 실현하려는 욕망과 노력과 용감함이 생기지 않는 것인가 싶다. 그러므로 자식의 의미는 단수가 아니라 복수에 있다고 생각된다.

만일 정신상으로는 모―든 희망이 구비되고, 정력이 계속할 만한 자신이 있더라도 육신이 쇠약하여 부절(不絶)히 병상을 떠날 수 없어 그 이상과 실행에는 하등의 관계가 없는 것처럼 되면 고통 그것은 우리 생활을 향상하는데 아무 의미가 없을 것이오, 가치가 없을 것이다. 즉, 지식이나 수양으로 억제하지 못할 불건강의 몸이 되고 본즉 "사람이 아니하려니까 ……." 운운하던 것도 역시 공상다. 망상이었다.

(완)

일천구백이십이년 사월 이십구일, 일 년 생일에 김나열 모 (母) 고(稿)

Notre-Dame
1909

강명화의 자살에 대하여

유월 십오일 제일천이십일 호 동아일보를 통해 "강명화의 자살"이란 제목으로 간단한 기사를 보았고, 그 이튿날 또 이 신문에 그의 이력을 다룬 기사를 보았다.

그 마지막에 적힌 말을 읽었을 때에는 내 전신에 소름이 쪽 끼치고 눈 앞이 아물아물하여왔다. 나는 그대로 고개를 땅에 박고 십 일 오후 열한 시쯤 약을 먹고 십일 일 오후 여섯 시 반에 별세했다는 것을 계산하여볼 때, 스무 시간이나 두고 그 사로(死路)에 향해 고통하고 신음하며 최촉하였을 것이 환하게 보이며 내 몸이 일층 우그러지고 벌벌 떨리었다. 나는 일찍이 오 년 전에 우리 어머니가 돌아가실 때, 그렇게도 일각이 바쁘게 아파하시던 그 무섭고 두려웠던 기억이 번개같이 내 머리에 왔다 갔다 했다(나는 언제든지 누가 죽었다 하면 반드시 이런 경험을 한다). 아— 무서워— 아— 무서워 그 아픈 길을 어떻게 갔을까 왜 그런 어렵고 두려운 길을 선택하였을까? 아이구 무서워— 아이구 참말 무서운 길—

나는 이 때마침 병석에 있어서 생로에 제일 중대한 조건인 음식을 먹지 못하는 고통과 또 무수한 일을 두고 노동할 기력이 없어 비관하는 과민한 신경으로서 우연히 강 씨의 자살에 대해서 동감, 동정할 점이 많았을 뿐 아니라 옳고 그름을 분석해 볼 여유가 있는 좋은 기회가 있었다. 그러나 오직 그의 자살 내용 전체가 기생 생활로 인한 즉 내가 살아온 가정이나 사회와는 다른 세계였던 그의 번민과 고통의 경로에 대해서는 나로서는 능히 알지 못할 점이 많은 것이 사실이오, 큰 유감이다. 그러나 나는 사회의 인사를 물론하고 그 "사람"인 본능성은 일반적이라고 생각한다. 그러므로 누구든지 사람으로서는 생에 대한 욕망, 죽음에 대한 두려움이 강약대소의 차는 있을지언정 그 소질(素質)을 겸비하고 있는 줄을 안다. 그러므로 이 통성상으로 보아 소소한 사정을 제외하고는 대체로 능히 동감하고 동정할 수 있는 것이라고 생각한다. 더구나 이 문제에 대해서는 같은 여성인 출연자, 같은 조선의 배경, 같은 과도기인 무대, 같은 풍속 습관의 각본 속에 있는 우리가 그 자살 동기의 비밀을 알 것이요, 또한 알아야 할 것이다. 이로 인연 삼아 우리 조선 여자들의 전도에 계속할 생의 이유를 확립하여야 하겠고 자살의 무의미함을 자성(自省)하여야 할 것이다. 이로써 비로소 우리의 생활에는 아무 모순 없는 열정이 있을 것이오, 노력적일 것이오, 낙관적일 것이다. 이 의미로 보아 생사 문제는 확실히 우리 생활 동기 중의 기초가 되고 또 전부인 줄 안다. 나는 이 일념 하에 우선 나부터의 내 방황하는 생활을 확립하기 위하여 이 문제에 대한 감상을 약술할까 한다.

종로 복판에 서서 남산을 바라볼 때 만일 그 산꼭대기에 바로 서 있는 사람이 보인다면 그 사람은 마치 천사와 같이 보이리라. 그리하여 천치, 무감각자를 제외하고는 누구든지 이 먼지투성인 시가(市價)에서 떠나 저 사람과 같이 신선하고 청결하며 경치 좋은 저 꼭대기에 올라가서 장안(長安)을 내려다보는 천상인이 되고자 하는 희망이 있을 것이다.

지금 조선 기생계의 일반 정신이 이러하다. 그중에 총명한 자면 자일수록 자기의 그 노예적 생활, 비인도적 생활에서 힘차게 뛰어나와 다른 사람과 같은 사람다운 생활을 해보려는 이상이 있고 실행을 하려 든다. 그리하여 머리 올리고 구두 신은 여학생만 보면 다 선(善)이고 다 미(美)이며 일부일부(一夫一婦)의 신가정 생활을 볼 때는 재미가 깨가 쏟아질 듯싶고 행복이 무한량일 듯싶게 보인다. 그러할 때 자기 몸을 돌아보면 모든 것이 악(惡)이오 추(醜)이며 지옥 불에 떨어져 허덕허덕 하는 듯싶다. 세계가 넓다 하되 오직 한 몸의 안거할 바가 없고 사람이 많다 하되 오직 한 사람의 가슴에서 끓는 피 사랑을 받지 못하고 또 줄 곳이 없는 기생들로서는 마땅히 갈망할 일이다. 급기야 산꼭대기에 이르면 "별것이 아니었다." 실망을 할 만큼 누구나 결코 그 경우에 만족하는 자가 없다. 행복이 있었다 하면 산꼭대기에 도달했을 그 순간일 뿐이오, 그것도 벌써 과거의 것으로 돌아갔을 뿐이다. 이것이 인생인 것을 냉정하게 생각할 여유조차 없을 만큼 기생의 생활은 건조무미하고 허위 적막이다. 행복과 만족은 결코 비아(非我)로서 구할 바 아니오 반드시 자기 내심의 작용으로 말미암아 영원토록 일신 일변하는 느낌을 얻을 수 있는 것을 또한 기생과 같은 감정 생활, 기분 생활자로서는 도저히 자각할 수 없을 것이다.

강씨의 금번 자살의 원인도 확실히 여기에 있는 것이다. 즉 개인적 생의 존엄과 그 생을 전개해갈 역량의 풍부한 것을 자신하면서 어디까지 할 수 있는 대로 살려고 하는 것이 현대인의 이상이오 그 생의 전부를 개전(開展)하려고 노력하는 일체의 행위가 행복이오 만족인 것을 일찍이 자각하였다고 한들 종종 있는 저항력의 결핍한 자들이 경우의 압박에 불감하여 생활의지의 강욕을 잃고 일신의 순결을 보존하기 위하여 스스로 죽음을 촉박하는 데 빠지지 않았을 뿐 아니라 염열적(炎熱的) 생존욕 분투 노력이 더욱 심하고 더욱 커졌을 것이다. 기사 중에 그는 장씨에게 대하여 이렇게 말을 하였다고 한다. "나는 결코 당신을 떠나서는 살아 있을 수가 없고 당신은 나하고 살면 사회와 가정의 배척을 면할 수가 없으니 차라리 사랑을 위하고 당신을 위하여 한 목숨을 끊는 것이 옳소." 하였다고 한다. 얼마나 번민과 고통을 쌓고 쌓아 견딜 수 없고 참을 수 없어서 한 말인지 실로 눈물지어 동정할 말이다.

나는 언제든지 자유 연애 문제가 토론될 때는 조선 여자 중에 연애를 할 줄 안다 하면 기생밖에 없다고 말하여왔다. 실로 여학생계는 너무 이성에 대한 교제의 경험이 없으므로 다만 그 이성 간에 있는 불가사의의 본능성으로만 무의식하게 이성에게 접할 수 있으나 오직 기생계에는 이성교제의 충분한 경험으로 그 인물을 선택할 만한 판단력이 있고 중인 중에서 오직 한 사람을 좋아할 만한 기회가 있으므로 여학생계의 사랑은 피동적이오 일시적인 반면에 기생계의 이러한 자에 한하여 만은 자동적이오 영속적일 줄 안다. 그러므로 조선에 만일 여자로서 진정한 사랑을 할 줄 알고 줄 줄 아는 자는 기생계를 제외하고는 없다고 말할 수 있는 것이다. 이 의미로 보아 장씨의 인물 여하에는 물론이고 강씨가 스스로 느끼는 처음 사랑을 깊이깊이 장씨에게 대하여 느꼈을 줄 믿는다. 그럼에도 불구하고 그 경우가 애인과 동거치 못할 수는 없겠다는 결심이 있다면 실로 난처한 문제이다. 이와 같이 씨(氏)는 비운에 견디다 못함으로 연애의 철저를 구하기 위하여 정조의 순일을 보수하기 위하여 자기 정신의 결백을 발표하기 위하여 세태를 분노하기 위하여 자살을 실행한 것이다. 그러나 동기는 여하하든지 자기 생명을 끊는 것은 다 자포자기의 행위이다. 생명의 존귀와 그 생명 역량의 풍부를 자각한 현대인의 취할 방법은 아니다. 어디까지든지 살려고 드는데 연애의 철저며 정조의 일관이며 정신의 결백이 실현될 것이다. 무슨 까닭인가 하면 살려고 하는 노력에 있어서야만 차등의 조건은 가치가 있는 것이오 살려고 하는 것을 제외하고는 일절이

허무인즉 세태의 혼란을 분노하는 것도 좋지만 그것으로만은 살기 위한 노력은 부족하다. 하물며 그로 인하여 스스로 분사하는 것은 제일 부끄러워할 만한 비겁한 행위이다. 진심으로 세태를 분노한다 하면 자진하여 세태를 개조하는 책임을 져야 할 것이다. 혹 씨에게는 이렇게 냉정하게 본말 이치를 생각해 볼 여유조차 없이 그 번민, 고통이 고도에 달했을는지도 모르겠다.

그리하여 그의 일편의 가슴 속에는 선악, 비통, 환락의 상대가 생이라 하면 차등의 차별을 초월한 절대 일여한 세계가 사(死)로 보였을는지도 모른다. 이 의미로 사를 절대의 안정이라 답을 내렸을 것이다. 누구든지 사의 공포를 감각하면 그것은 즉 "어하게 살아갈까?" 하는 목적이 있음이오. 하시든지 생의 욕망을 방기하면 곧 절대의 안정인 세계가 나타날 것이다. 그리하여 생의 욕망과 상대함으로 비로소 사가 공포될 것과 같이 절대의 사는 두려운 것이 아니오. 오직 상대의 사를 두려워하는 것인 줄 안다. 씨에게는 상대의 사를 두려워할 만한 견고한 의지가 없었고 그만 한 교육이 없었으며 자기 일 생명의 존재를 자신할 만한 아무 능력과 희망이 없었으므로 기인한 비원이오 신여론을 기함으로 자기의 연애를 일절 신선화하려는 허영심이다. 즉 신식에 유행하는 신사상에 물들었다고 하는 비난은 면할 수 없을 것이다. 물론 누구든지 자살하는 내면에는 소질의 박약함과 경우의 불량과 교육의 부족한 원인이 있을 것이다. 그러나 다수는 이 운명을 무슨 숙명과 가치 알아 불가피할 팔자로 정함으로 그 운명의 대부분을 전개할 만한 역량의 자각이 없이 자살에 이르는 것이다. 그리하여 여하한 동기의 자살이든지 무엇이든지 자기의 사려로 부담할 수 없는 사건을 만나면 목전의 고통을 피하기 위하여 모방성으로 나오는 이 착오된 생각을 유일의 지주로 알고 경솔히 실행하는 것은 기실 아무 것도 아니오 무능력하다는 증거인 염세적 자포자기의 행동이다. 누구든지 자식을 낳아보고 길러본 자는 알 것이라.

모태로부터 얼마큼 심혹한 고통을 우리 어머니에게 주고 우리가 경험하였었는지 얼만한 위대한 자애의 느낌을 받고 주고 하는지! 우리의 목숨은 결코 그렇게 헐값 가진 것이 아니다. 내 목숨이 내 것이지만 내가 세울 아무 권리가 없는 것이다. 내 몸은 결코 내 소유가 아니다. 우리 어머니 것이었고 우리 조상의 것이었으며 내 사회의 물건이다. 내 생명의 계속되는 마지막까지 내 힘을 진하여 남들이 하는 것을 다 해보는 수밖에 다른 아무 보은될 만한 것이 없는 줄 안다. 남과 가치 행복스럽고 만족한 생활을 좀 못하기로 무슨 그다지 크게 자포자기할 것이 무엇이랴. 나 할 일지 내 일만 하면 한 이것이 행복스럽고 만족할 수 있을 것이 아닐는지?

자살은 개인의 자유요 권리라고 말할는지 모르나 권리는 타인의 권리를 침해치 못한다는 조건이 있다면 그 사람의 자살로 인하여 가족이나 사회에 손해를 끼치는 위험이 있다면 권리의 정당한 행사가 아니오 도리여 불법비리의 행위일 것이오 타살과 일양으로 죄악으로 볼 수밖에 없는 것이다. 어떠한 동기의 자살을 물론하고 동정하고 찬미할 이유는 아무리 생각하여도 없을 것이다. 연하여 한강 철교상 자살에 대한 기사를 보았다. 절대의 안정 세계로 향하는 그네들은 하여간 근심 걱정 다 버리니 편안할는지 모르거니와 그 후면에 있어 살아 보려고 애쓰는 우리들을 위하여 일우를 가하여주기를 바란다. 우리들의 처지가 죽어야만 할 것인지 모르지마는 그래도 좀 더 살아보고 싶다. 이 고비만 눈 깜짝 넘겨보고 싶다. 설마 이대로만 살라는 법이 어디 있으랴. 다 같은 인생으로— 그러지 아니 해도 조선 사람의 생활의 전부는 대대로 죽지 못하여 살아가는 삶이었다. 아무 살 이유가 없고 자각이 없고 노력도 없으며 열정이 없는 오직 죽음의 차례를 고대하고 있었을 뿐이었다. 게다가 일층 자살의 실행자, 결심자가 나면 우리 살려고 하는 사람들의 정신에는 매양 자극을 받게 되고 방황을 겪게 된다. 개인이나 사회를 물론하고 순경에 재함보다도 역경에 재함으로 비로소 굳어지고 여물어지는 것이다. 차에서 출하는 인물이야 위대한 인물이오 차에서 출한 사상이라야 철저한 사상일 것이오. 차에서 출한 예술이라야 심오한 예술일 것이라. 차는 과거 노서아 상태로 실례를 거할 수 있음과 같이 우리의 한 고비를 참고 이겨 살아가는데 조선 사람의 민족적 생활 근지가 철저하게 잡힌 줄 안다. 더구나 차에 직접 또는 간접으로의 임무자인 우리 일반 여자들은 현대인의 살아가는 이상은 전일과 여히 파괴적이오 부정적이오 소극적인 사상을 내재치 아니 하고 철두철미하게 우리들의 이상은 건설적이오 긍정적이오 적극적으로 생의 개전이 있을 것이라. 사는 이상을 적으로 알고 그것을 우리의 힘으로 정복하랴는 결심하에 자살의 행위를 평범화하고 추화하고 우열화하고 죄악화하는 경향이 있기를 바란다. 결론에 지하여 강씨와 여한 명민한 두뇌와 미려한 용모와 열정의 가슴이 허무에 귀한 것을 지자(知者)중 일인으로 애도하며 일념을 영전에 드리고자 한다.

Little Communicant, Church of Mourning
1909-1912

생활 개량에 대한 여자의 부르짖음

一(일).

먼저 마음부터 고치자. 그리고 살림을 고치자.

나는 조선 사람의 살림살이를 불러 야명조(夜明鳥)의 살림과 같다고 하고 싶습니다. 인도 설산 히말라야 산중에 야명조라는 새가 있습니다. 이 새는 웬일인지 일평생을 두고 결코 보금자리를 짓는 일이 없답니다. 그리하여 밤이 되면 높은 산에 치이는 우모(羽毛)를 찌르고 코렌직쿠 넓은 뜰을 넘어드는 찬바람은 노수(老樹) 가지를 흔들어 겨우 가까이 온 새들을 쫓아냅니다. 캄캄한 바람과 찌르는 찬 바람에 싸여 갈 길을 방황할 때 새들은 일제히 "밤이 밝거든 보금자리를 짓자"(夜明造巢)[야명조소]라고 운답니다. 그러한 무섭고 괴로웠던 끔찍 끔찍한 밤이 다 가고 붉은 아침 햇볕이 남쪽 바다로부터 솟아오를 제 비로소 날개를 펴서 삼삼오오 짝을 지어 동서남북으로 흩어지나니 이 오천 광야에는 옛부터 곡물과 곤충이 많이 있으므로 밤새도록 "야명조소 야명조소" 하고 울고 있던 새들도 눈앞에 널리 퍼져 있는 밤나무, 무화과며 포도 잎새 그늘에 숨어 있는 모충에만 마음이 쏠려 그만 보금자리를 지을 생각은 멀리 잊어버려두고 그와 같이 종일 실컷 놀고 마음껏 먹고 나서 설산 산림 중에 돌아와서는 밤이 되면 또 "야명조소 야명조소"라고 운답니다. 이렇게 하기를 일생을 두고 하다가 죽는답니다. "살림살이를 개량해야겠다. 사는 것답게 살아야겠다. 지금 아는 것으로는 부족하니 더 배워야겠다." 이러한 부르짖음이 웬만한 사람들 중에는 당연한 문젯거리가 되고 말았습니다. 그러나 지금까지 딱 결단을 하여 개량의 실적을 보인 이를 별로 볼 수 없습니다. 다만 안심치 않은 살림으로 하루이틀을 지내고 있을 뿐입니다.

물론 여러 원인과 장애가 있을 것입니다. 그러나 의지가 약하고 반성이 박한 것이 큰 원인일 것입니다. 그리고 선조로부터 내려온 인습에 얽매여 당장에 고칠 수 없는 사정도 있을 것입니다. 더욱이 주위의 비난으로 하여 고칠 수 없는 수도 있을 것입니다. 즉 '이렇게 하면 다른 사람들이 웃지나 아니 할까, 감정을 사지 아니 할까, 교제상 비평하지 아니 할까' 하는 경우도 적지 않을 것입니다. 그리하여 대담하게 해야만 할 때까지 하지를 못하고 언제든지 안정이 없고 본 뜻이 아닌 살림을 하게 됩니다.

남이야 어찌 알든지 상관없이 자기 혼자 정당한 길을 밟는다든지, 습관된 폐풍을 개량한다는 것은 실로 쉽지 못한 일입니다.

二(이).

혹시 이러한 결심이 있어 남의 못하는 일을 해보겠다고 하다가도 자칫하면 많은 가운데로 끌려지고 시간에 따라 결심했던 것이 언젠지 모르게 쇠멸해버리기 쉽습니다. 즉 다른 사람과 같은 행동을 취하여야만 할 때 일종의 고통을 깨닫게 되었으나 어느덧 아무 고통도 깨닫지 않게 되면 벌써 생활 개량이라든지 더 배우겠다는 여지가 없어지고 힘쓰지도 않을 뿐 아니라 동화해지는 것을 알지 못할 만치 별로 살림 개량할 필요까지 없어지며, 결국 아무렇게나 이럭저럭 되는 대로 살다가 죽으면 그만이지 하는 귀찮은 생활을 하게 되는 것을 몇이라도 볼 수가 있는 오늘날입니다. 일본 유학생이 일본에 있을 때 책상머리를 주먹으로 치며 '조선 사람은 부지런해야만 하겠다. 책을 많이 봐야겠다' 하고 생활 개량을 부르짖다가도, 조선 땅에 오면 어느새 아침잠이 늘어가고 매일 신문도 접은 채로 쌓아두는 일을 흔히 볼 수 있습니다. 또 시골에서 서울로 올라온 남녀 사람들은 자기 고향의 더럽고 정돈되지 않은 살림살이를 개량하겠다고 결심하고 돌아갔다가, 그냥 돌아서 올 뿐 아니라 자기도 더럽고 질서 없는 짓을 내어버리지 못하는 것을 많이 볼 수 있습니다. 이런 예를 들자면 얼마라도 있을 것입니다. 하여간 '그대로 그럭저럭 살자'는 것이 죽지 못해 사는 이것이 우리 지금 생활의 방법이오 목덕입니다. 다시 말하면 한 사람의 개량이 무슨 그다지 큰 효과가 있으랴 하고 스스로 머리를 숙여 게으름을 부려 서로 사양하는 동안에 또 다시 전과 같은 살림을 되풀이하게 되는 것입니다. 어느 때까 지든지 이와 같이 계속해 가면 개량 진보는 감히 바랄 수 없는 것입니다. 그러나 우리 중에 오직 한 사람이라도 진정으로 자기의 행복을 구하고 자기의 이상을 실현하기 위해 분발 용투한다면, 그 생활에 대한 새 뜻을 찾을 수 있을 것이오, 그리하여 오직 한 사람의 힘이라도 반드시 영향을 끼칠 일이 있을 것입니다. 이렇게 사람마다 그 마음을 늘 개량에 두고 살 수 있음으로써 우리 생활에만 활기를 띄울 수 있겠고 살아 있는 맛을 알 수 있을 것입니다. 이것이 우리 사람들의 생활을 견실하게 하는 상태라고 생각합니다.

　나는 그동안 신문에서나 잡지에서 생활 개량에 대한 언론을 많이 보았습니다. 물론 같은 생각도 많이 있었지만 그 생활 내용은 내버려 두고 살림, 즉 제도부터 고치라고 하는 대로는 어쩐지 잊은 것이 있는 것 같은 서어(齟齬)한 마음이 생깁니다. 다시 말하면 이와 같이 우리들은 시시각각으로 당하는 다른 사람들 사이에 감정은 문제 삼지 않고 먼저 살림살이를 개량하려면 백 년을 지나더라도 우리의 살림살이는 아무 개량한 실력이 드러나지 않을 것입니다.

　나는 이렇게 생각합니다. 우리 살림을 전부 뜯어 고칠 것이 아니라 우리 살림의 방법을 일부 고쳐야 한다고 생각합니다. 즉 옛부터 우리 살림살이를 다시 세울 것이 아니라 아름다운 풍속이오 좋은 습관은 다 그대로 두고 악하고 추한 것만 추려서 개량이나 개선을 할 것인 줄 압니다. 하고 본즉 우리 살림은 너무 난잡하므로 어느 것을 먼저 고쳐야 옳을지 모르 겠습니다. 그러므로 질서를 세워 개량의 고안(考案)으로 시일 을 보내는 것보다 오히려 현상에 불만을 품은 자는 누구든지 제일 가깝고 쉬운 자기로부터 힘 자라는 대로 개량하는 것이 제일 상책이 아닐까 합니다.

나는 생활 개량의 근본되는 힘[원동력(原動力)]을 찾아 얻고 싶습니다. 다시 말하면 자기 마음 속에서 끌어나오는 심화(深 化)하고 확대하려는 생활욕(生活慾)을 얻고자 하는 근본심이 생겨야 할 것입니다. 물론 우리 사람은 순간이라도 방심과 무 지(無智)로 있으려 하지 아니합니다. 즉 긴착(緊着)과 직관, 용 진(勇進)이 우강자의 생활의 진상인 것을 스스로 깨달을 만한 몸소 경험하며 볼 만한 감정과 지식과 수양이 절대로 필요할 줄 압니다.

三(삼).

그러면 이와 같이 우리들로 하여금 알게 만들고 또 안 것을 실행하게 만드는 이상하게 헤아릴 수 없는 근본되는 힘을 어 찌하면 얻을 수 있겠습니까?

우리는 사랑으로 삶으로써 비로소 이 근본 힘을 얻을 수 있 겠습니다. 이에 누구보다 먼저 여자 자신이 자기 일신이 땅

위에 있는 것을 자각하여야 하겠습니다. 자기 자신에 과로한 것을 가히 할 줄 알아야 합니다. 자기 자신의 행복을 계획하여야 하겠습니다. 그리하여 자기 자신을 사랑할 줄 알고 동시에 남을 사랑할 줄 알아야 할 것입니다. 다시 말하면 우리 조선 여자는 너무 오랫동안 자기에게 대한 제일 중요한 것을 잃고 살아 왔습니다. 즉 '나도 다른 사람과 같이 생명이 있다' 하는 것을 아니 억제하고 왔습니다. 가만히 앉아서 제 숨소리를 들어보시오. '나도 한 사람이다' 하는 자부심이 이상스럽게 전신에 흐르리다. 이렇게 여자의 눈이 뜨일 동시에 지금까지의 자기가 불행하였고 불쌍했던 것을 알게 될 것입니다. 누구를 물론하고 불행인 역경에서 행복인 순경으로 옮기려는 본능에 따라 여자 자신도 어떻게 하면 행복하게 행락스럽게 살아갈까 고심하게 될 것입니다. 그리하여 지금까지 받아보지 못하던 영원 불변으로 있을 자기 자신이 귀하고 사랑스러운 것을 자주자주 느낄 것입니다. 이와 같이 자기 자신을 진실로 사랑할 줄 알면 모든 다른 사람을 사랑할 것입니다. 사랑하고 사랑할 수 있는 것은 사람의 본질에서 나타나는 가장 높은 사상이오 가장 높은 경험인 줄 압니다. 사랑할 수 있는 것으로 말미암아 비로소 이상과 실행, 영과 육, 이성과 정의가 융합일치하여 활동하는 것이 아닌가 싶습니다. 이 점으로 보아 진심으로 사랑할 수 있는 것은 진심으로 살 수 있는 것과 조금도 다름이 없다고 생각합니다. 사랑할 수 없는 자, 그 누가 능

히 자기 생명의 존귀와 위력을 체험할 수 있겠습니까? 사랑할
수 없는 자기 인생을 단편적으로 보는 반면으로 인생의 전체
를 직감할 수 있는 기쁨은 오직 사랑 가운데에만 있을 줄 압
니다. 사랑이 없고서는 한 개의 그림 조각이라도 그 아름다
운 것을 진실로 형락(亨樂)할 수 없거든 하물며 사랑 없고 어
찌 남자가 여자를, 여자가 남자를, 부모가 자식을, 자식이 부
모를, 친구가 친구를, 개인이 사회를, 사회가 가정을 양해하고
동정하고 서로 도울 수 있겠습니까? 만일 있다 하면 일시의
것이오 장시의 것은 못될 것입니다.

　나는 바란다. 우리 여자는 자기를 사랑하고 또 다른 사람을
사랑하며 또 남자를 사랑함으로써 생활 개량의 근본 힘을 얻
어야 할 것 같이 영원히 짝을 지어 살아갈 남자들에게도 자기
를 사랑하고 또 남의 여자를 사랑함으로써 생활 개량의 근본
힘을 얻을 수 있기를 바라보 천만 번 바랍니다.

　四(사).

　이리 되어야만 조선 사람의 생활 개량이 근본적이고 계속
적(繼續的)일 것이며 급진적(急進的)일 것입니다. 따라서 생활
의 안착이 생길 것이고 민족적 평화(民族的 平和)가 나아질 것
입니다. 이와 같이 속마음에 근본 힘을 얻은 후면, 즉 먼저 마
음을 고치면 다시 못할 바 없이 개량은 저절로 앞을 다투어 진
보 발전될 줄 압니다. 그러나 아래에 몇 가지 예를 들어 개량

Land sale at Gentilly

을 부르짖기 위해 우선 가정제도부터 쓰고자 합니다.

사람마다 누구든지 완전한 자기를 실현(實現)하려면 먼저 자기의 전인격(全人格)을 실현하여야 할 것이니, 반 인격만으로는 자기 실현이 불가능한 것입니다. 즉, 남녀 상합하여야 비로소 전인격이라고 하고 보면 남자만이나 여자만으로는 자아 실현을 못하는 것입니다. 그러므로 한 사회(社會) 중의 단위(單位)는 각각 다른 성질로 서로 채운 남녀 두 개의 인격적 상합이요, 두 사람 중에서 나온 자식으로 된 가정입니다. 일로 보면 옛부터 지금까지의 조선 여성은 어느 사람과라도 동등할 만한 생활을 해왔습니다. 조금도 남녀 평등이나 자유를 주창할 필요가 없다고 생각합니다. 더구나 남녀가 그 이해를 각각 다르게 생각하는 것은 큰 오해인 줄 압니다. 날마다 사는 데 불가불 써야만 할 불(火), 물(水), 나무(木) 중에 하나라도 없으면 하루라도 살아갈 수 없으니, 물은 물된 원소와 불은 불된 원소가 각각 다를 뿐이오. 물의 값이 셋이면 불이나 나무의 값도 셋일 것입니다. 요즘 남녀 문제를 들어 말하는 중에 여자가 남자에게 밥을 얻어 먹으니 남자와 평등이 아니오, 해방이 없고 자유가 없다고 흔히들 말합니다. 이는 오직 남자가 벌어오는 것만 큰 자랑으로 알 뿐이요, 남자가 벌어지도록 옷을 해 입히고 음식을 해 먹이고 정신상 위로를 주어 그만 한 활동을 주는 여자의 힘을 고맙게 여기지 못하는 까닭입니다. 이같이 여자의 반감을 일으키는 것보다, 여자 자신이 반성하는 것밖에 의식주에 대한 남녀 간 문제는 오직 곁에서 보는 사람들에게 조소거리밖에 아니 될 것입니다. 우리의 가정 살림살이가 좀처럼 개량되지 못하는 것은 이와 같이 남자가 자기가만 일하는 줄 알고 자기만 잘난 줄 알며 따라서 여자를 위해주지 않고 고맙게 여겨주지 않는 가운데 불평이 생기고 다툼이 생기며, 남편은 어디까지든지 강자요 우자며 부인은 언제든지 약자요 열자로 되고 보니, 여기에 무슨 살아가는 맛을 볼수 있겠습니까. 오직 남자 그 사람만 잘못이라 할 수 없고 여자 그 사람만 불쌍하다고 할 수 없이 사회제도가 그릇되었었고 교육 그것이 잘못되었던 것이니 이에 대해 말할 필요도 없거니와, 그렇게 치더라도 남자는 너무 자기 일신밖에 모르는 극도의 이기적이었고, 여자는 너무 다른 사람만 위하여 사는 극도의 희생적이었던 것입니다.

五(오).

남자들의 변명이 이는 여자의 과실이라 할는지 모른다. 그렇다. 이는 꼭 여자 자신이 자기를 잊고 살아온 까닭이오. 그여자들이 또 여전히 딸은 천히 기르고 아들은 귀하게 길러 저만 잘난 줄 알게 교양해 온 까닭입니다.

나는 모르겠다. 남자들과 같이 학문이 많고 문견이 넓어 외사를 논하고 내사를 평하는 자로서 자기를 눈 앞에 닥쳐 있는 것을 왜 모르는지, 자기 일신의 행복은 오직 가족을 사랑하는

데 있는 것을 왜 반성치 않는지, 왜 실행치 않는지 나는 이것이 큰 의문입니다. 즉 평화의 길은 오직 강한 자가 약한 자를 보호하고, 우승한 자가 열패한 자를 도우며, 부자가 가난한 자를 기르는 데 있나니, 우리의 가정이 화평하려면, 행복하려면, 강자요 우승자요 부자인 남자가 약자요 열패자요 가난한 자인 여자를 애호하는 데 있음을 알립니다.

아닙니다. 나는 구태여 여자를 낮추고 그 도움과 아껴주기를 구걸하는 것이 아닙니다. 오직 남자 자체를 위하여 애달파하는 것입니다. 그들은 한 번이나 그 처가 정성을 다하여 만든 의복과 음식에 대해 고마운 마음을 표현한 때가 있었습니까? 그 노력을 아껴준 때가 있었습니까? 그 처가 두 사람 중에서 생긴 삼사 인의 자식을 혼자 맡아가지고 밤잠을 못 잘 때한 번이라도 같이 일어나 앉아주었는지, 다 각각 자기를 마음을 헤아리면 "과연 잘못하였다." 하고 사과할 사람이 많을 줄압니다.

아닙니다. 나는 우리의 본심에서 발하는 그 정력에 대해 보상을 요구하는 것이 아닙니다. 그대들은 우리를, 우리들은 그대를 믿고 바라고 사는 동안, 아니 살아가야만 할 동안, 일만우리의 단순한 진정에서 나오는 정력과 희망이 그대들의 냉대(冷待)에 접할 때 실망으로 돌아가는 것이 애처롭고, 이로 인하여 그대들의 활동에 고독과 적막이 생기는 것이 가슴 아프다는 말입니다. 그러면 하필 남자에게 정신을 요구하느냐고 할지 모르겠지만, 여자는 더 이상 그대들에 대해 절대 맹종(絕對盲從)할 수 없고 절대 희생(絕對 犧牲)할 아무것도 남지 않는 연고입니다. 한즉, 이에 반대로 절대 방종이었고 절대 이기(絕對利己)였던 남자의 생활 도수가 일부만 좀 내려지면 우리 생활은 이외에 용이히 개량할 수 있다는 것을 알게 됩니다.

사실 어느 방면으로 보든지 우리 여자보다 선각자요, 선진자며 한 집, 한 사회를 지배할 수 있는 가권(家權), 위정권(爲政權)을 가진 남자들의 장중에 우리의 생활 개량 여부가 달린 것이 두말할 것 없을 만큼 합리적이고 필연적입니다.

다시 말하면 가장 곤란할 듯하고도 가장 쉬운 것은 자기를 남을 사랑하고 이해하고 동정할 수 있는 생활을 먼저 가정에서부터 실행이 된다면 같은 생이지만 더 참되고, 더 즐겁고, 더 재미 있는 길로 나아갈 수 있다는 것이 나의 절실한 바람입니다.

우리 부인들은 지금 조선 남자들의 여러 가지 걱정 있는 것, 더구나 생활 난에 즉접 책임자요, 관계자인 그 고통에 대해 눈물을 흘리며 동정하는 바입니다. 우리는 우리가 찬미하는 정신문명과 꼭 가치 물질문명을 찬미합니다. 이는 어떠한 사회를 물론하고 생활상 절대 필요한 계단입니다.

더구나 지금과 같은 물질 문명은 전과 달라서 장대신기(壯大新奇)한 물질 문명의 창조로 하여 윤택(潤澤)과 행복을 더 얻을 수 있습니다. 즉 이것이 우리 생활 중에 중요한 지위에 있는 것은 누구나 다 아는 바입니다.

헌즉 지금 생활에 먼저 선자가 되려면, 또는 용감한 자가 되려면, 지금 사람들이 창조한 윤택한 물질문명을 기초 삼는 정신적 생활이 아니면 아니 되는 것임을 압니다. 이러한 정신적 생활을 하게 되어야 비로소 원만한 생활이라고 할 수 있습니다. 톨스토이의 "물질문명을 제외하고 처음부터 정신적 생활을 바라는 것은 마치 기초 없는 집과 같다."는 말과 같이, 지금 세상이 전 세상보다 말할 수 없이 풍부한 것은 물질과 정신이 함께 진보한 덕입니다. 이로 보면, 우리는 우리 생활의 중요한 물질문명에 기초할 만한 아무 기획이 없고 방침이 없으니, 따라서 생산률이 없고 노동력이 부족합니다. 이로 인해 우리의 살림은 비관적이며 염려스럽고 내용이 빈약한 것을 면치 못합니다.

六(육).

물론 사람은 누구든지 어느 환경을 막론하고 그 환경이라는 것은 면할 수 없는 인연이 있습니다. 우리의 운명은 우리의 바른 방향이 막히고 물질적인 발전이 불가능하다고 할는지 모르겠습니다. 그러나 운명이란 것은 고정되어 정해진 것이 아니라 어느 정도 힘써서 펼칠 수 있다고 생각합니다. "힘쓰는 자에게 도움이 온다."는 말과 같이, 하지도 않고 운명을 저주하며 사회를 원망하는 사람들도 있지만, 그것은 결국 아무것도 해결되지 않습니다. 내가 거년에 귀국했을 때 고향에

Basilica

가서 우리 일가 중에 삼대를 두고 가난했으니, 굶기를 부잣집 밥 먹듯 하는 집을 차자가 보았습니다. 한 간 방에는 다 쌓여진 고리 두어 개가 있고, 사방 벽에는 빈대 피로 종이가 보이지 않으며, 넙풀이 신문지 창살 사이로 강풍이 쏟아 들어오고, 고래 무너진 얼음 같은 구들 한 구석에 칠십 노인이 삼 년간 숙환으로 신음하고 있습니다. 열 살 된 딸과 오십 된 어머니는 굶은 배를 움켜잡고 마주 앉아서 손등에서 흐르는 피를 치마 자락에 닦으며 남의 다듬이를 하고 있었습니다. 그때의 나는 너무 어이가 없어서 말을 잇지 못했습니다. 그리하여 참다 못해 물어보았습니다. "너도 사람인가? 너는 왜 그 넙적한 등에 지게를 지고 나가서 그 굳은 팔로 나무를 하지 않느냐?" 고 하니, "그것을 창피하게 여겨 어찌 하겠냐?"고 대답했습니다. 나는 기가 막혔습니다. 그때, 그 옆에 서 있는 어머니에게 물었습니다. "저놈을 왜 옷을 입히고 죽을 먹이느냐?"고 하니, 그는 "그러면 어찌 하겠소? 다 팔자 소관인 것을."이라고 답했습니다. 나는 다시 말을 하지 않고 돌아서며 울었습니다. 조선 사람 중에 하필 이 사람뿐이리까 그런 사실이 늘비하였습니다. 이와 같이 우리는 가난한 것을 잊어버리는 학자의 생활이었고 없는 것을 낙관하는 예술적 생활이었습니다. 직업을 취함에는 높고 낮은 선택이 심하여 그 체면과 문벌, 인격을 보존하려면 비록 배에서 꼴꼴 소리가 나더라도 부라질을 하고 있는 자가 적지 아니합니다. 이는 과도기에 있을 면치 못할 사실이라면 다시 말할 여지가 없겠습니다. "우리도 생명이 있다. 있는 이상 우승자요, 강한 자로 살자." 하는 이상과 요구와 희망이 있으면 남들이 다 가져가고 남들이 다한 찌끄러기요 부스러기 가운데라도 아직도 많이 취할 것이 있을 줄 압니다. 이와 같이 우리의 사상은 너무 고상하고 우리의 이상은 너무 조직적이니 따라서 물질도 이대로 같이 가야 하도록 힘써야 할 것입니다. 이는 오직 자기와 및 타인과 사회를 사랑함으로써 목표를 삼을 때 의외로 용이하게 실행할 수 있을 것입니다.

우리에게는 취미성이 매우 박약했습니다. 하나 요새 와서는 청년 남녀 중에 취미를 가진 이도 많이 보겠고 또 가지려고 하는 이도 많이 있는 것은 다행한 일인 줄 압니다. 이 취미란 것은 그 생활이 안정되고 정신이 원만할 때, 이것만으로도 오히려 만족을 느끼지 못하고 다시 물질계를 떠나고 정신계를 떠나 일종의 신비계(神祕界)로 들어가려는 것으로 형언할 수 없는 쾌감을 느끼게 되는 것입니다. 지금까지의 모든 것은 피동적이고 의무요 책임을 느끼며 하던 것이라도 전혀 자동적 행동으로 일변하고 일진해집니다. 그리하여 전에는 남을 위한 생활이었으나, 지금은 다만 자기 자신을 위한 생활이 되어버립니다. 즉, 각각 자신의 욕망과 타인과의 관계가 조화를 이루게 되는 것입니다.

우리가 간절히 바라는 행복은 결국 이러한 마음에서 나오는 것인데, 그 행복의 형상을 볼 수 있을 것입니다. 이러한 취미성의 싹이 자라갈수록 인간성은 진(眞), 선(善), 미(美), 애(愛)로 숙련될 수 있을 것입니다. 그러나 유감스럽게도 우리 중에는 아직 이러한 취미성의 숙련자가 많지 않습니다. 왜 그러냐 하면 취미성은 한 번 싹을 틔울 수 있지만, 그 취미성이 완숙해지려면 몇 대의 선조들로부터 내려오는 취미성이 필요하고, 그 숙련에 이르기 어렵다고 생각합니다. 그러므로 우리의 취미성이 풍부해지려면 아직도 몇 대의 역사를 기다려야 할지도 모릅니다. 그렇다고 해도 우리 생활은 참으로 풍경스럽지 않습니까? 밥 때가 되면 밥 차려 먹고, 밤에는 자면 되고, 여자는 일평생 다듬이 빨래하면서 꽃이 언제 피든지 단풍이 지거나 말거나 이렇게 철두철미로 취미가 없이 살아왔습니다. 우리는 장차는 살기 위해 살아서는 안 되고, 사는 그 자체가 유쾌하도록 살아가야 할 것입니다. 그래야 남편의 옷과 자식의 옷을 지을 때 금치 못하는 재미가 생겨야 하겠고 남편이 비를 들고 마당을 쓸거나 어린아이를 안아줄 때나 도끼를 들어 장작을 패더라도 그 부인을 돕기 위한 의무도 아니고, 대장부의 체면 손상도 아니며, 오직 취미에서 솟는 쾌락뿐일 것입니다.

七(칠).

이와 같이 취미를 수양하여 그 취미로 실생활에 실현케 된

Moulin de La Galette à Montmartre
1950

다면 이보다 더 좋은 우리 생활은 신성하고 고상하게 개량할 수 있다고 생각합니다. 생산율과 소비력이 맞춰야 비로소 우리 생활은 안착할 수 있는 것입니다. 이것이 피치 못할 우리 생활의 중요한 지위를 점령하고 있는 것은 사실입니다. 일하고 나서 우리에게는 생기가 있고 활동력이 생기며 한 가정이 정돈되고 한 사회의 질서가 생깁니다. 그렇게 되어 우리는 깊이 생각할 정력도 생기고, 연구도 계속할 수 있습니다. 그러나 우리의 과거와 현재를 보면 이와 반대가 됐습니다. 버는 것이 다섯이면 쓰는 것은 여덟이나 됐습니다. 이와 같이 우리의 살림은 예산 없는 살림살이입니다. 우리의 생활은 전혀 기분이 없고 광렬적(狂熱的)입니다. 순간의 쾌락과 한 가지의 수단을 취하기 위해서는 일생의 불평과 실망될 것을 생각하지 못합니다. 물론 누구에게든지 그 순간의 쾌감은 다시 얻지 못할 아름다운 감정이라고 생각합니다. 그러나 이 아름다운 감정이 자신 외 및 타인 간에 해독이 생길 수 있는 망동으로 볼 수 있습니다. 우리 중에 남자들은 좋은 일에나 서툰 일에나 요리집에 가서 한 잔씩 먹는 것이 교제상 큰 수단이고 큰 사교술이 되었었습니다. 그렇게 되어 집안에서는 용돈이 없어서 쩔쩔 맵니다. 이렇게 없으면서도 있난 체하고 쓰지 않으면서도 좋아한다고 씁니다. 그래서 여자는 그 남편이 수입이 얼마 되는지 무엇을 해서 어떻게 벌어오는지(직업 없는 자가 많으니) 모르고 평생을 살아갑니다. 두부 한 푼어치를 살 때도 사랑에 가서 타와야 하고, 고기 한 근을 살 때도 사랑으로 나갑니다. 이렇게 남편은 남편대로 예산 없이 살고, 부인은 부인대로 예산 없이 살고 있으니 이래서야 무슨 사는 재미가 있고 무슨 안정이 있겠습니까? 항상 바람에 불리는 갈대와 같이 오늘을 요행이 지내고 내일을 요행이 지내는 것이 우리 사는 목표이니, 이 무슨 살아있는 의미가 있습니까? 참으로 가련한 것이 우리 살림살이입니다. 우리는 무엇보다 예산을 세워야겠습니다. 남편된 이는 버는 것을 확실히 정하고, 쓸 것을 확실히 정하여 그 부인에게 알게 해야겠습니다. 그 부인된 이는 남편의 버는 것이 얼마나 되는지를 짐작하여 절약하도록 할 것입니다. 이렇게 되어야 우리의 살림은 비로소 안정이 되고, 사는 것이 쉽게 될 것입니다. 이것도 우리가 능히 실행할 수 있는 것 중 하나인 생활개량 방침인 줄 압니다.

나는 이상 몇 가지 예를 들어 생활 개량을 부르지 않았습니다. 그러나 우리 살림이란 어찌 이렇게 몇 장 종이에 올릴 만큼 간단하겠습니까? 제도를 일일이 매겨서 개량을 부르지 않으면 무한할 것입니다. 다만 이 몇 가지 생활 기초만 세게 되면 그 나머지는 자연히 개량하게 될 것이니, 마치 확실한 사람이 된 후에 학문을 배우는 것과 같다는 것이 나의 생활개량을 을 부르짖음의 주지입니다. 한즉 결국 서로 사랑하고 잇기는 근본된 힘을 얻도록 하는 것이 생활 개량의 제일 가까운 길인 줄 압니다.

아! 광야로 찬 바람은 불어 들어온다. 살은 에어내는 듯이
춥다. "야명조소 야명조소"

- 끝 -

Église de Saint-Leomer, Vienne
1929

끽연실

나혜석 여사는 이렇게 말했다.

"저는 경우만 허락하면 그림 공부로 다시 한번 파리로 가려고 합니다. 요전번에 그곳에 갔을 때는 약 육 개월 동안 있었는데 파리의 유명한 화가 빗세이 씨의 화실을 다니며 무엇을 좀 알려고 애를 썼지만 잘 알려지지 않던 것이 정작 귀국하여 보니 이것저것 활연히 깨닫게 되는 바 있어, 이제야 정말 양화(洋畵)에 눈이 떠지는 듯합니다. 그래서 옛날에는 헛일을 한 듯해요. 즉 헛그림을 그린 듯 후회합니다.

요즘은 친구의 방을 빌려가지고 전람회에 출품할 풍경화를 그리고 있는데 아침 열 시부터 오후 네 시까지 그 화실에 꼭 들어박혀 있습니다. 아마 이 주일이나 걸려야 완성될 듯한데 예전 봉천의 풍물을 그린 '천후궁' 이후에 처음 애쓰는 작품으로 나는 믿습니다마는 어떨는지요….

나의 여학생 시대는 벌써 십 년 전으로 지금은 열 살 먹은 아들을 머리로 어린애들 넷을 가진 늙은이랍니다. 세월은 참 빠르지요."

Le Lapin Agile
1913

나를 잊지 않는 행복
- 제전 입선 후 감상

우리는 누구든지 팔자 좋게 다시 말하면 행복스럽게 살기를 원하고 바란다. 또 그대로 하기를 원한다.

뒤에 산을 끼고 앞에 물이 흘러 봄철에 꾀꼬리 소리며 여름날에 비 소리로 공기 좋고 경치 좋은 이삼 층 양옥 가운데서 금의포식으로 남여노복이 즐비하고 자손이 번창한 부호가의 주부가 되면 이야말로 더 말할 수 없는 소위 행복을 가진 사람이라 할 것이다.

이와 같이 평온무사한 것을 우리 행복의 초점으로 삼는다면 행복은 확실히 우리 생활을 고정시키는 것이며 활기 없게 만드는 것이요 게으르게 만든 것이요 우리로 하여금 퇴보자요 낙오자가 되게 하는 것이다.

우리 중에 한 사람도 자기 자신을 잊고 사는 사람은 없을 것이다. 그렇다면 우리는 잘 먹고 잘 입고 편안히 살려고 하는 것이다. 그러나 우리 조선 여자는 확실히 옛부터 오늘까지 나를 잊고 살아왔다. 아무 한 가지도 그 스스로 노력해본 일이 없고 스스로 구해본 일이 없으며 그 혼자 번민해본 일이 없고

Street in Montmartre

제 것으로 얻은 것이 아무것도 없다. 가엾다. 나를 잊고 사는 것, 이것이야말로 처량한 일이 아닌가?

왜 우리는 자기 내심에 숨어 있는 무한한 능력을 자각하지 못해서 그 능력의 발현을 시험해보려 들지 아니하였던가!

세상에는 평범한 가운데서 자기만은 무슨 장래의 보증할 것이 틈틈이 있는 것같이 안심하고 있는 자가 많으니 더욱이 우리 여자들 중에 많은 사실이다.

보라. 얼마나 귀중히 여기고 보호하던 생명조차 하루아침 하룻밤에 끊어지지 않는가. 철석같이 맹세한 연인, 동지의 마음이 변하지 않는가. 최고의 행복도 아무렇지도 않게 없어지고 마는 것이 아닌가? 연인에게 뜨거운 사랑을 받고 벗에게 깊은 믿음을 얻는다 해도 상당한 시기가 지나면 싫증이 나고 변하는 것이다. 그 뜻이 길이 있지 못할 것을 미리 짐작하여야 한다. 왜 그러냐 하면 만일에 그 행복을 잃어버리는 때는 오직 무능자가 될 것이요 선망자로 자처할 수 없을 터이니까.

그리하여 이 한 때에 행복을 빼앗길 때마다 어느 때든지 우리의 더 할 수 없는 일거리 역시 자기 자신을 잊지 말고 살아가려는 목표를 정하는 여하에 있는 것이다. 즉 무의식하게 자기를 잊고 살아온 가운데서 유의식하게 자기를 잊지 않고 살아가는 데 있다고 생각한다. 다시 말하면 우리의 가장 무서워하는 불행이 언제든지 내습할지라도 염려 없이 받아 넘길 수 있을 것이다. 거기에 아무런 고통이 있을지라도 그 고통 중에서 일신일변할지언정 결코 패배를 당할 이치는 만무하다. 즉 외형의 여하한 행복을 얻든지 다른 외형의 여하한 행복을 잃어버리든지 행복의 샘 내 마음 하나를 잇지 말자는 것이다. 사람은 누구든지 힘을 가지고 있다. 그 힘을 사람은 어느 시기에 가서 자각한다. 아무래도 한 번이나 두 번은 다— 자기 힘을 자각한다. 그것을 받는 사람은 즉 자기 자신을 잊지 않는 행복을 느끼는 자다, 또 사람은 자기 내심에 자기 자신도 모르는 정말 자기가 있는 것이다. 그(보이지 않는 자기)를 찾아내는 것이 곧 자기를 잊지 않는 것이 된다. 요컨대 우리들의 현재 및 미래의 생활 목표의 신앙과 행복은 오직 자기를 잊지 않고 살아가는 수밖에 아무것도 우리의 마음을 기쁘게 해줄 것이 없을 것이다. 이것이 자기 생활의 전개를 자기 자신이 보장하려는 것이니만치 지실(摯實)할 것이다.

그리하여 우리들의 할 일은 이 현실을 바로 보는 데 있고 미래의 생활의 싹을 북돋아 기르는 데 있는 것이다. 이러한 것을 생각하더라도 잠시라도 방심하여 자기를 잊고 어찌 살 수 있으랴.

하루 뒤 일 년 뒤 지나는 순간마다 후회의 연속이었으나 그것이 하나가 된 큰 과거는 얼마나 느낌 있는 과거인가. 그 중에 매듭를 멀리 있어서 돌아다보니 얼마나 즐거웠던 일이었었나. 우리는 언제든지 우리 앞에 비추이는 현재의 환희로 살지 못함을 곧 가까운 과거를 현재로 만드는 율망이었다. 그럼으로 기실은 현재는 없어지고 만 것이다, 지나고 보니 이같이 안전한 대로를 밟아온 것을 그리하여 그중 도에는 내게 없어서는 아니 될 것이다. 구비해 있고 그곳 안이라 그곳에서 전개해주는 생활이 다— 나를 기쁘게 만든 것이오, 다— 나를 진보시킨 것이었다. 그런데 왜 그곳에서 과거에 있어서는 그다지 길이 좁았던고!

이번에 출품을 이점하였다, 금강산 삼선암과 정원이었다. 전자 오십 호가 떨어지고 후자 이십 호가 입선되었다. 후자는 임의 선전에서 특선으로 입선된 것이어서 별로 신통치 않을 것인지 모르나 나는 이 작품을 지금까지의 작품 중에서 중요하게 생각한 것임으로 일본 화계에서 소호라도 평을 얻게 되면 행복할 것이다. 즉 구미에서 본 화단의 요령이며 자기 심령상에도 최고의 행복한 일이었고 겸하여 그림에 대한 힌트를 얻게 된 작품임으로 일부러 출품해본 것이다. 이 작품에 대한 평에 의하여 앞길을 정해볼까 함이다. 이제까지 집안 살림살이 가운데서 겨우 나왔던 그림이라 남들이 아는 이상 무실력한 것을 부끄러워하는 바이다. 없는 재주가 보일까 하고 다시 동경 길을 밟은 것이다.

Le restaurant de la Mère Catherine à Montmartre

이혼 고백장

　나이 사십 오십에 가까웠고 전문교육을 받았고 남들은 쉽게 할 수 없는 구미(歐美) 만유(漫遊)를 하였고 또 후배를 지도할만한 처지에 있어서 그 인격을 통일치 못하고 그 생활을 통일치 못한 것은 두 사람 자신은 물론 부끄러워 할 뿐 아니라 일반 사회에 대하여서도 면목이 없으며 부끄럽고 사죄하는 바외다.

　청구씨!

　난생 처음으로 당하는 이 충격은 너무 상처가 심하고 치명적입니다.

　비탄, 동곡(動哭), 초조, 번민 — 이래 이 일체의 궤로에서 생의 방황을 하면서 일편으로 심연의 밑바닥에 던진 씨를 나는 다시 청구씨— 하고 부릅니다.

　청구씨! 하고 부르는 내 눈에는 눈물이 그득 차집니다. 이것을 세상은 나를 "약자야." 하고 부를까요?

　날마다 당하고 지내던 씨와 나 사이는 깊이 이해하고 지실(知悉)하고 자부하던 우리 사이가 몽상에도 생각지 않던 상처의 운명의 경험을 어떻게 현실의 사실로 알 수가 있으리까.

모다가 꿈 모다가 악몽 지난 비극을 나는 일부러 이렇게 부르고 싶은 것이 나의 거짓 없는 진정입니다.

"선량한 남편" 적어도 당신과 나 사이에 과거 생활 궤로에 나타나는 자세가 아니오리까. "선량한 남편" 사건 이래 얼마나 부정하려 하였으나 결국 그러한 자세가 지금 상처를 받은 내 가슴속에 소생하는 청구씨입니다.

사건 이래 타격을 받은 내 가슴속에는 씨와 나 사이 부부생활 십일년 동안의 인상과 추억이 명멸해집니다. 모든 것 무엇 하나나 조금도 불만과 불평과 불안이 없었던 것 아닙니까? 씨의 일상의 어느 한 가지나 처인 내게 불심이나 불쾌를 가진 아무 것도 없었던 것 아닙니까? 저녁 때면 사퇴(辭退) 시간에 돌아오지 아니 하였으며 내게나 어린애들에게 자애 있는 미소를 띠는 씨였습니다. 연초는 소량으로 피우나 주량은 조금도 없었습니다. 이 의미로 보면 씨(氏)는 세상에 드문 "선량한 남편"이라고 아니 할 수 없나이다. 그런 남편인만치 나는 씨를 신임 아니할 수 없었나이다. 아니, 신임하였었습니다. 그러한 씨가 숨은 반면에 무서운 단결성과 참혹한 타기성이 포함해 있을 줄이야 누가 꿈엔들 생각하였으리까. 나를 반성할 만한 나를 참회할 만한 촌분의 틈과 촌분의 여유도 주지 아니한 씨가 아니었습니까. 어리석은 나는 그래도 혹 용서를 받을까 하고 애걸복걸하지 아니 하였는가.

미증유(未曾有)의 불상사 세상에 모든 신용을 잃고 모든 공분과 비난을 받으며 부모친척의 버림을 받고 옛 좋은 친구를 잃은 나는 물론 불행하려니와 이것을 단행한 씨에게도 비탄, 절망이 불소할 것입니다.

오직 나는 황야에 헤메고 암야(暗夜)에 공막(空漠)을 바라고 자실(自失)하여 할 뿐입니다.

떨리는 두 손에 화필과 파렛트를 들고 암흑을 향하야 가는 것인가. 그렇지 않으면 광망(光芒)의 순간을 구함인가. 너무 크고 너무 중한 상처의 충격을 받은 내게는 각각으로 절박한 쓸쓸한 생명의 부르짖음을 듣고 울고 쓰러지는 충동으로 가슴이 터지는 것 같사외다.

우리 두 사람의 결혼은 "거짓 결혼"이었었나 혹은 피차에 이해와 사랑으로 결합하면서 그 생활에 흐름을 따라 우리 결혼은 "거짓"의 기로에 떨어진 것이 아니었는가. 나는 구태여 우리 결혼 우리 생활을 "거짓"이라고 하고 싶지 않소. 그것은 이미 결혼 당시 모든 준비 모든 서약이 성립되어 있었고 이미 그것을 다 실행하여온 까닭입니다.

청구씨!

광명과 암흑을 다 잃은 나는 이 공허한 자실 상태에서 정지하고 서서 한번 더 자세히 내성할 필요가 있다고 생각합니다. 이와 같이 염두하느니만치 나는 비통한 각오의 앞에 서 있습니다. 세상의 모든 조소, 질책을 감수하면서 이 십자가를 등지고 묵묵히 나아가려 하나이다. 광명인지 암흑인지 모르는 인종과 절대적 고민 밑에 흐르는 조용한 생명의 속삭임을 들으면서 한번 더 소생으로 향하야 행진을 계속할 결심이외다.

약혼까지의 내력

벌써 옛날 내가 십구 세 되었을 때 일이외다. 약혼하였던 애인이 폐병으로 사거(死去)하였습니다. 그때 내 가슴의 상처는 심하여 일시 발광이 되었고 연하여 신경쇠약이 만성에 달하였었습니다. 그해 여름 방학에 동경에서 나는 귀향하였었나이다. 그 우리 남형을 찾아 나를 보러 겸겸하여 우리 집 사랑에 손님으로 온 이가 씨였습니다. 씨는 그때 상처(喪妻)한 지 이미 삼 년이 되던 해라 매우 고독한 이였습니다. 나는 사랑에서 조카 딸과 놀다가 씨과 딱 마주쳤습니다. 이 기회를 타서 남형이 인사를 시켰습니다. 씨는 며칠 후 경성으로 가서 내게 장찰(長札)을 보내었습니다.

솔직하고 열정으로 써 있었습니다. 우선 자기 환경과 심신의 고독으로 취처(娶妻)하여야겠고 그 상대자가 되어주기를 바란다는 것이었사외다. 나는 물론 답하지 아니했습니다. 내게는 그만한 마음의 여유가 없었던 것이외다.

두 번째 편지가 또 왔습니다. 나는 간단히 답장을 하였습니다. 며칠 후에 그는 또 내려왔습니다. 패이나플과 과실을 사 가지고. 나는 이번에는 보지 아니 하였습니다. 씨는 본향으로 내려가면서 동경갈 때 편지 하여달라고 하였습니다. 그 후 내가 동경을 갈 때 무의식적으로 엽서를 하였습니다. 밤중 대판을 지날 때 웬 사방 모자 쓴 학생이 인사를 하였습니다. 나는 알아보지를 못 하였던 것이외다. 결도까지 같이 와서 나는 동행 네다섯 명이 있어 직행하였습니다. 동경 동대구보에서 동행과 같이 자취 생활을 할 때이외다.

씨는 토산 하츠바시를 사들고 찾아왔습니다. 씨는 동경제대 청년회 웅변대회에 연사로 왔었습니다. 낮에는 반드시 내 책상에서 초고를 해 가지고 저녁 때면 돌아가서 반드시 편지를 하였습니다. 어느 날 밤 돌아갈 때였습니다. 전차 정류장에서 내가 손을 내밀었습니다. 씨는 뜨겁게 악수를 하고 인하여 가까운 수풀로 가자고 하더니 거기서 하나님께 감사하다는 기도를 올리었습니다. 이와 같이 씨의 편지, 씨의 말, 씨의 행동은 이성을 초월한 감정뿐이었고 열뿐이었사외다. 나는 이 열을 받은 때마다 기뻤었습니다. 부지불각 중 그 열 속에 녹아들어가는 감이 생겼나이다. 이와 같이 씨는 경도 나는 동경에 있으면서 일일에 일차식을 나오기도 하고 혹 산보하다가 순사에게 주의도 받고 혹 토를 타고 일일의 유쾌함을 지낸 일도 있고 설경을 찾아 여행한 일도 있었습니다. 이렇게 육년간 는 동안 씨는 몇 번이나 혼인을 독촉한 일이 있었습니다. 그러나 나는 단행하고 싶지 아니하였습니다. 그는 무엇보다 남이 알 수 없는 마음 한편 구석에 남은 상처의 자리가 아직 아물지 아니하였음이오. 하나는 씨의 사랑이 이성을 초월하리만치 무조건적 사랑 즉 이성 본능에 지나지 않는 사랑이오. 나라는 일개성에 대한 이해가 있을까 하는 의심이 생긴 것이외다. 그리하여 본능적 사랑이라 할진대 나 외에 다른 여성이라도 무관할 것이오. 하필 나를 요구할 필요가 없을 듯 생각 든 것이었습니다. 전 인류 중 하필 너는 나를 구하고 나는 너를 짝 지으려 하는 데는 네가 내게 없어서는 아니되고 내가 네게 없어서는 아니될 무엇 하나를 찾아 얻지 못하는 이상 그 결혼생활은 영구치 못할 것이오, 행복지 못하리라는 것을 나는 일찍이 깨달았던 것이었습니다. 그렇다고 나는 그를 놓기 싫었고 씨는 나를 놓지 아니하였습니다. 다만 단행을 못할 따름이었습니다. 그리다가 양편 친척들의 권유와 및 자기 책임상 택일을 하야 결혼한 것이었습니다.

그때 내가 요구하는 조건은 이러하였습니다.

일생을 두고 지금과 같이 나를 사랑해주시오.
그림 그리는 것을 방해하지 마시오.
시어머니와 전실(前室) 딸과는 별거케 하여주시오.

씨는 무조건하고 응낙하였습니다. 나의 요구하는 대로 신혼여행으로 궁촌벽산에 있는 죽은 애인의 묘를 찾아주었고 석비까지 세워 준 것은 내 일생을 두고 잊히지 못할 사실이외다. 여하튼 씨는 나를 전생명으로 사랑하였던 것은 확실한 사실일 것입니다.

십일 년간 부부생활

경성서 삼 년간 안동현에서 육 년간 동래에서 일 년간 구미에서 일 년반 동안 부부생활을 하는 동안 딸 하나 아들 셋 소생 사남매를 얻게 되었습니다. 변호사로 외교관으로 유람객으로 아들 공부로 부로 화가로 처로 모로 며느리로 이 생활에서 저 생활로 저 생활에서 이 생활로 껑충껑충 뛰는 생활을 하게 되었습니다. 경제상 유여(裕餘)하였고 하고자 하는 바를 다 해왔고 노력한 바가 다 성취되었습니다. 이만하면 행복스러운 생활이라고 할 만하였습니다. 씨의 성격은 어디까지든지 이지(理智)를 떠난 감정적이어서 일촌의 앞길을 예상치 못하였습니다. 나는 좀더 사회인으로 주부로 사람답게 잘 살고 싶었습니다. 그리함에는 경제도 필요하고 시간도 필요하고 노력도 필요하고 근면도 필요하였습니다. 불민(不敏)한 점이 불소하였으나 동기는 사람답게 잘 살자는 건방진 이상이 뿌리가 빼지지 않는 까닭이었습니다. 그리하여 부부간 충돌이 생긴 뒤는 반드시 아해가 하나씩 생겼습니다.

주부로서 화가 생활

내가 출품한 작품이 특선이 되고 입상이 될 때는 나와 똑같이 기뻐해주었습니다. 모든 사람은 나에게 남편 잘 둔 덕이라

Rue de Mont-Cenis sous la neige
1917

고 칭송이 자자하였습니다. 나는 만족하였고 기뻤었나이다.

주위 사람 및 남편의 이해도 필요하거니와 이해하도록 하는 것이 필요하외다. 모든 것의 출발점은 다 자아에게 있는 것이외다. 한집 살림살이를 민첩하게 해놓고 남은 시간을 이용하는 것을 반대할 사람은 없을 것이외다. 나는 결코 가사결家事를 범연히 하고 그림을 그려온 일은 없었습니다. 내 몸에 비단옷을 입어본 일이 없고 일 분이라도 놀아본 일이 없었습니다. 그러므로 내게 제일 귀중한 것이 돈과 시간이었습니다. 지금 생각건대 내게서 가정의 행복을 가져간 자는 내 예술이 아닌가 싶습니다. 그러나 이 예술이 없고는 감정을 행복하게 해줄 아무 것이 없었던 까닭입니다.

구미만유

구미만유를 향하게 해준 후원자 중에는 씨의 성공을 비는 것은 물론이오, 나의 성공을 비는 자도 있었습니다. 그리하여 우리의 구미만유는 의외에 쉬운 일이었습니다. 사람은 하나를 더 보면 더 본 이만치 자기 생활이 신장해지는 것이오, 풍부해지는 것이외다. 만유한 후에 씨는 정치관이 생기고 나는 인생관이 다소 정돈이 되었소이다.

일, 사람은 어떻게 살아야 좋을까. 동양 사람이 서양을 동경하고 서양인의 생활을 부러워하는 반면에, 서양을 가보면 그들은 동양을 동경하고 동양 사람의 생활을 부러워합니다.

그러면 누구든지 자기 생활에 만족하는 자는 없사외다. 오직 그 마음 하나 먹기에 달린 것뿐이외다. 돈을 많이 벌고 지식을 많이 쌓고 사업을 많이 하는 중에 요령을 획득하여 그 마음에 만족을 느끼게 되는 것이외다. 즉 사람과 사물 사이에 신의 왕래를 볼 수 있으면 만족을 느끼게 되는 것이외다.

이, 부부간에 어떻게 하면 화합하게 살 수 있을까. 하나의 개성과 다른 개성이 합한 이상 자기만 고집할 수 없는 것이외다. 다만 극기를 잇는 것이 요점입니다. 그리고 부부생활에는 세 시기가 있는 것 같사외다. 첫째 연애 시기의 경우 상대자의 결점이 보일 여가 없이 장점만 보입니다. 다 선화(善化), 미화(美化)할 따름입니다. 둘째 권태 시기, 결혼하여 삼사 년이 되도록 자녀가 생하여 권태를 잊게 아니 한다면 권태증이 심해집니다. 상대자의 결점이 눈에 보이고 싫증이 나기 시작합니다. 통계를 보면 이 때 결혼 수가 가장 많습니다. 셋째 이해 시기, 이미 부나 처가 피차에 결점을 알고 장점도 아는 동안 정의가 깊어지고 새로 온 사랑이 생겨 그 결점을 눈감아 내리고 그 장점을 조장하고 싶을 것이외다. 부부 사이가 이쯤 되면 무슨 장애물이 있든지 떠날 수 없게 될 것이외다. 이에 비로소 미와 선이 나타나는 것이오. 부부생활의 의의가 있을 것입니다.

삼, 구미 여자의 지위는 어떠한가. 구미의 일반 정신은 큰 것보다 적은 것을 존중히 여김입니다. 강한 것보다 약한 것을 아껴줍니다. 어느 회합에든지 여자가 없이는 중심점이 없고 기분이 조화되지 못합니다. 한 사회의 주인공이오, 한 가정의 여왕이오, 개인의 주체이외다. 그것은 소위 크고 강한 남자가 옹호함으로써가 아니라 여자 자체가 그만치 위대한 매력을 가짐이오, 신비성을 가진 것입니다. 그러므로 새삼스럽게 평등 자유를 요구할 것이 아니라 본래 평등 자유가 구존해 있는 것입니다. 우리 동양 여자는 그것을 오직 자각하지 못한 것뿐이외다. 우리 여성의 힘은 위대한 것입니다. 문명해지면 해질수록 그 문명을 지배할 자는 오직 우리 여성들이외다.

사, 그 외의 요점은 무엇인가. 그 요점은 윤곽의 의미가 아니라 칼라 색채 하모니 즉 조화를 겸용한 것이외다. 그러므로 예술이 확실하게 한 모델을 능히 그릴 수 있는 것이 급기 일생의 일이 되고 맙니다. 무식하나마 이상의 네 개 문제를 다소 해결하게 되었습니다. 그러므로 나의 생활 목록이 지금부터 전개되는 듯 싶었고 출발점이 일노부터 되리라고 생각하였습니다. 그래서 이상도 크고 구체적 고안도 있었습니다. 하여간 전도를 무한히 낙관하였으나, 과연 어떠한 결과를 맺게 되었는지 스스로 부끄러워 마지 않는 바외다.

시어머니와 시누이의 대립적 생활

결혼 후 일 년간 시어머니와 동거하다가 철 없이 살아가는 젊은 내외에 장래를 보장하기 위해 고향인 동래로 내려가서

Passage Cottin, Montmartre
1922

집을 짓고, 매삭 보내는 돈을 절약하여 땅마지기를 장만하고 계셨습니다. 그의 오직 소원은 아들 며느리가 늙어 고향에 돌아와 친척들을 울을 삼고 살라함이오, 자기 자신이 모은 재산을 아버지 없이 기른 아들에게 유산하는 것이외다. 그리하여 이 재산이란 것은 삼인이 합동하여 모은 것이외다(얼마 되지 않으나). 한 사람은 벌고, 한 사람은 절약하여 보내고, 한 사람은 모아서 산 것이외다. 그리하여 두 집 살림이 물샐 틈 없이 화기애애하고, 재미스러웠습니다. 이처럼 화락한 가정에 파란을 일으키는 일이 생겼습니다.

우리가 구미만유하고 돌아온 지 일삭 만에 셋째 삼촌이 다른 지방에서 농사 짓던 것을 집어치고, 준비 없이 장족하게 큰 집을 마련하여, 즉 우리를 맞이하고 고향을 찾아 돌아온 것이외다. 어안이 벙벙한지 며칠이 못 되어 둘째 삼촌이 다섯 식구를 데리고 왔습니다. 귀가 후 취직도 아니 된 채 돕지도 못하고 보자니 서먹하고 실로 난처한 처지였사외다. 할 수 없이 삼촌 두 분은 일 년간 아래 방에 모시고, 사촌들은 각자 취직하게 하였습니다. 이러고 보니 근친 간 자연스럽게 적은 말이 늘어지고, 어렵게 말이 생기기 시작하게 되었습니다. 큰 사건은 아들 네 명이 예산 없이 고등학교에 입학을 시키고, 그 학자는 우리가 맡게 된 것이외다.

만유 후에 감상담을 들으러 경향 각처로부터 오는 지인 친구를 대접하기에도 넉넉지 못하였습니다.

없는 것을 있는 체하고 지내는 것은 허영이나 출세 방침상 피할 수 없는 사교였사외다. 이것을 이해해줄 사람들이 아니었습니다. 나는 부득이 남편이 취직할 동안 일 년간만 정학하여달라고 요구하였사외다. 삼촌은 대발노발 하였사외다. 이러자니 돈이 없고 저러자니 인심을 잃고 실로 어쩔 길이 없었습니다.

때에 씨는 외무성에서 총독부 사무관으로 가려 했지만 싫다하고 전보를 두 번이나 거절하며 고집을 부렸습니다. 변호사 개업을 시작하고 경성 어느 여관에 묵으며 기생들과 유혹을 받으면서, 내가 모씨에게 보낸 편지가 구실이 되어 이 요리집 저 친구에게 이혼 의사를 공개하며 다녔습니다. 동기에 대한 죄는 없으나 나는 서울에 이혼설이 공개된 줄도 모르고 씨의 분을 더 돋우었는데, "일촌의 앞길을 헤아리지 못하는 이 천치 바보야. 나중 일을 어찌 하랴고 학자를 떠맡았느냐."고 했습니다.

우리 집 살림살이에 간접적으로 전권을 가진 자는 시누이입니다. 모든 일에 시어머니의 권한을 대신할 뿐 아니라, 심지어 서울서 온 손님과 해운대를 갔다 오면 내일은 반드시 시어머니가 없는 돈을 박박 긁어서라도 갔다 옵니다. 모두 내 부덕의 소산이라 하겠으나, 남보다 많이 배운 나로서 인정은 남만 못하랴마는, 우리의 이 역경에서 이를 나서기에는 여유가 없었을 뿐입니다.

내가 구미 만유에서 돌아오는 길에 여러 친척, 친구들에게 토산물을 다소 사가지고 왔습니다. 그러나 시어머니와 시누이, 그 외 근친에게는 사가지고 오지 않았습니다. 이는 내가 방심했다기보다는 그들에게 적당한 물건이 없었기 때문입니다. 본국 와서 사려던 것들도 흐지부지 된 것이었습니다. 불란서에서 오는 짐 두 짝은 모두 포스터와 엽서와 그림과 화구 등인 것이었으나, 그들은 섭섭히 여기고 비웃은 것이었습니다. 실제로 세상은 같으나 마음은 세상이 달라 괴로운 일이 많았사외다. 이로 인해 시어머니와 시누이와의 감정이 말하지 않는 중에 간격이 생긴 것이었습니다.

씨의 동복 남매가 삼남매인데, 누이 둘이 있습니다. 하나는 천치요, 하나는 지금 말하는 시누이로 과도하게 빈틈 없이 일 처리를 하는 여자입니다. 청춘 과부로 재가하였으나, 한 점 혈육 없이 어디서 낳아온 것을 금지옥엽으로 양육할 일이었고, 남은 정은 어머니와 오래비에 쏟으니 전전분분이 모은 돈도 오래비를 위한 것입니다. 그리하여 될 수 있는 대로 오래비와 고향에서 살다가 여생을 맛보려 함이었습니다. 어느 날 내가 "나는 동래가 싫어요. 아무리 해도 서울 가서 살아야겠어요."라고 했습니다. 이상 여러 가지를 모은 결과, 오래비댁은 어머니에게 불효하고 친척에 불목하며 고향을 싫어하는 사람이라고 결론이 난 것이었습니다. 이 일이 어느 기회에 나타나 이혼설에 보조가 될 줄 하나님 외에 누가 알았겠습니까.

과연 좁은 여자 감정이란 무서운 것이고, 그걸 짐작지 못하고 넘어가는 남자는 한없이 어리석은 것입니다.

한 가정에 주부가 둘이 있어서 시어머니는 내 살림이라 하고, 며느리는 예산이 있으며, 시누이가 간섭을 하고 살림하는 아내는 사실을 하며, 전후좌우에는 형제 친척이 와글와글하니 다정하지 못하고, 약지도 못하고, 돈도 없고 방침도 없으며 나이도 어리고, 구습에 단련도 없는 한 주부의 처지가 난처하였다고 합니다. 사람은 외형은 다 같으나 그 내막이 얼마나 복잡하며, 이성 외에 감정의 움지임이 얼마나 얽매였는지를 보여줍니다.

C와의 관계

C와의 관계에 대해 이야기하자면, C의 명성은 일찍부터 알려졌지만, 처음 만났을 때는 파리에서였습니다. 그를 대접하려고 요리를 하고 있는 나에게 "안녕하십니까."라는 첫 인사는 유심히 생각해볼 만한, 힘이 있는 말이었습니다. 그 이후, 남편은 독일에 가서 있고, C와 나는 불어를 모르기에 통역을 두고 언제든지 삼인이 함께 식당, 극장, 선유, 시외 관광 등을 다니며 놀았습니다. 그리하여 과거의 일, 현재의 일, 미래의 일들을 논의하며 공감되는 점이 많았고 서로 이해하게 되었습니다. 그는 이태리 관광을 하고, 나는 파리와 독일을 다녀왔습니다. 그 외에 콜론에서 다시 만났습니다. 내가 그에게

이런 말을 했습니다. "나는 공을 사랑합니다. 그러나 내 남편과 이혼은 아니합니다." 그는 내 등을 따뜻하게 두드리며 "과연 당신의 말이 맞습니다. 나는 그 말에 만족합니다."라고 했습니다.

나는 제네바에서 고국의 친구에게 "다른 남자나 여자와 지내면 반대로 자기 남편이나 아내와 더 잘 지낼 수 있습니다."라고 말했었습니다. 그는 공감하였고, 이런 생각이 든 것은 결국 자신이 자신을 속이는 것임을 깨닫지 못했기 때문입니다. 나는 결코 내 남편을 속이고 다른 남자, 즉 C를 사랑하려는 것이 아니었습니다. 오히려 남편에게 정이 더욱 두터워지리라고 생각했습니다. 구미에서 일반적으로 남녀 부부 사이에 이런 공개적인 비밀이 있는 것을 보고, 이는 당연한 일이라 생각했습니다. 중심이 되는 본부나 본처를 벗어나지 않는 범위 내에서 행동하는 것은 죄도 아니며 실수도 아니며, 가장 진보된 사람에게 적합한 감정이라고 생각합니다. 그래서 이러한 사실을 판명할 필요는 없다고 봅니다.

한편, 어린 자녀들이 배고파서 못 견디는 것을 참아보지 못해 이웃집에 가서 한 조각 빵을 얻어오게 된 일이 원인으로, 전후 십구 년 동안 감옥을 드나들게 되었다고 합니다. 그 동기는 얼마나 아름다웠던가, 도덕이 있고 법률이 있어 그의 양심을 속이지 않았다는 것과 원인과 결과가 서로 이어지지 않는 점을 고려했을 때, 도덕과 법률을 통해 원통한 죽음이 다가

Église Saint-Philibert, Tournus (Saône-et-Loire)
1930

오며 원한을 품은 사람들이 얼마나 있을까.

가운(家運)은 역경에

소위 관리 생활을 하며 다소 여유가 있었으나, 고향에 집을
짓고 사고 유럽과 미국을 만유시하며 이만여 원을 썼고, 은사
금으로 이천 원을 받았지만 변호사 개업비용에 모두 사용되
었습니다. 수입은 일분도 없고, 불경기는 날로 심해졌습니다.
어떤 방침도 없이 직업 전선에 나설 수밖에 없었습니다. 그러
나 운명의 마수는 이 길까지 막고 있었고, 귀국 후 팔 개월 만
에 심신과로로 쇠약해졌습니다. 그렇게 내 무대는 경성 외에
는 없었습니다. 경제적으로 서울에 살림을 차릴 수 없게 되
었고, 어린 것들을 키우며 살림을 제쳐두고 살 수는 없었습니
다. 짧게도 위험한 상황에서 마음만 조이며 이 일을 견디고
있었으나, 만일 아이들만 남고 취직이 되어 생계를 유지할 수
있었다면, 우리의 압해는 비극적인 일이 일어나지 않았을 것
입니다. 소위 편지 사건이 있었는데, 나를 도와줄 사람은 C뿐
이었습니다. 그래서 무엇인가를 경영해보려고 내려오라고 했
고, 다시 찾아 사귀기를 바랬습니다. 그 일이 중간 악한배들
의 오전으로 "내 평생을 당신에게 맡기오."라는 말이 되어 씨
의 대노를 샀습니다. 나의 말을 믿는 것보다 그들의 말을 믿
을 정도로 부부의 정의는 기울어졌고, 씨의 마음은 변하기 시
작했습니다.

조선에서도 생존 경쟁이 심하고 약육강식이 극심했습니다. 게다가 남의 잘못된 일이 잘 풀리는 것보다, 다른 사람의 일을 잘못된 것처럼 생각하는 사람들 덕분에 임의 씨의 입으로 이혼을 선전하고, 편지 사건이 일어나면서 아무 일 없이 남의 말만 따르는 악한배들이 나를 비난하고 천치 바보라 하며 치욕을 가했습니다. 그들 중에는 유력한 그룹이 몇 명 있었고, 소위 사상가적 견지에서 나를 혼자 살도록 해보고 싶어하며, 호기심으로 이혼을 강권하고 후보자를 소개하며 전후의 고안을 제공했습니다. 그들의 생각에는 한 가정의 파열과 어린이들의 앞길을 동정하기보다는 이혼 후 나와 C의 관계가 어떻게 되는지 구경하고 싶어했고, 한 여자의 참혹한 앞길을 연극처럼 구경하고 싶어 했습니다.

자신의 행복은 자신도 모르고, 동시에 자신의 불행도 자신도 모르는 것입니다. 이 사람 저사람에게 이혼의 의사를 물어보며, 십년 동안 동거하던 옛날 아내의 결점을 드러내며 식히는 것도 보통 사람의 행위라고 할 수 있지만, 그런 유도에 의해 결심이 변해가는 것도 보통 사람의 행위라고 할 수 없습니다.

여하간 씨의 일가는 비운에 처해 있었고, 씨 자신은 역경의 절정에 달하였사외다. 사건이 있었으나 돈이 없어서 착수할 수 없었고, 여관에 있어 삼사 일 숙박료를 내지 못하니 주인에 대한 면목이 없었사외다. 사회 측에서는 이혼설에 대한 비난이 자주 일어나, 행세할 체면이 없었사외다. 성격상으로 판

단력이 부족하여 일이 진행되는 중에도 주저하였고, 씨의 두 양은 불안하게 나오고 눈이 쑥 들어가도록 밤에 잠을 못 자며 번민하였사외다. 씨는 잠을 이루지 못한 밤에, 분노와 질투에 휘말리며 얼굴이 붉어졌사외다. 그러고 스스로 생각하기에, 세상 맛을 본 결과, 돈을 버는 일이 그토록 어려운 일임을 깨달았사외다.

안동현 시절에 남용했던 것에 대해 후회하며, 아내가 그림을 그리기 위해 화구를 샀던 것도 안타까워졌사외다. 사람의 마음은 배를 타고 바람을 따라 나가듯, 근본적인 생각이 흐름을 따라가게 되는 것이었사외다. 씨는 그때, 잠시라도 그 여자를 아내 명의로 두고 싶어했으며, 감정은 그저 불과 같았던 것이었사외다. 동시에 그는 자신이 친한 친구가 기생 서방으로 먹고 살아가는 모습을 보았고, 이 역시 역경 속에서 살아가는 한 방법으로 생각했사외다.

이혼설이 공개되면서 여기에 저기에 돈이 있는 갈보들이 후보가 되기를 청원하는 사람이 많았고, 그 중 하나를 선택한 것이었사외다. 씨는 아내에게 이혼을 청구하였고, 만약 승낙하지 않으면 간통죄로 고소하겠다고 위협했사외다. 남성은 평소에는 여성의 사랑을 충분히 향유하며, 법이나 체면 같은 형식적인 제약을 받게 되면, 어제까지의 방자하고 향락하던 자신을 돌이켜 오늘의 군자로 변해 점잖은 척하는 비겁자이자 횡포자가 되지 않느냐고 여성을 저주하고 싶어했사외다.

이혼

나는 아이들을 데리고 동래에 있었습니다. 경성에 있는 씨가 도착한다는 전보가 왔습니다. 나는 대문 밖에서 출영하였습니다. 씨는 나를 보고 반목하며 불건으로 실족하였습니다. 그의 얼굴은 창백하고 눈은 드러나 있었습니다. 나는 깜짝 놀랐습니다. 그러고 나서 무슨 불상사가 있는 듯해서 가슴이 두근거렸습니다. 씨는 거실로 가더니 나를 부릅니다.

"여보, 이리 좀 오."

나는 건너가 아무 말 없이 그의 눈치만 보고 앉았사외다.

"여보, 우리 이혼합시다."

"그게 무슨 소리요, 별안간에."

"당신이 C에게 편지하지 않았소?"

"했소."

"'내 평생을 바치오' 하고 편지 안 했소?"

"그렇지 않소."

"왜 그짓말을 해, 여하간 이혼해."

그는 부득이 내 장 속에 있던 중요한 문서 및 보험권을 꺼내서 각각 논의하고 안방으로 가서 자기 어머니에게 말씀하였습니다.

"애, 고모어머니 오시래라, 삼촌 오시래라."

미구에 하나씩, 둘씩 모여들었습니다.

"나는 이혼하겠소이다."

"얘, 그게 무슨 소리냐, 어린 것들은 어찌하고."

어제 경성에서 미리 온 편지를 보고 병석처럼 누워있던 시어머니는 만류하였습니다.

"어, 그 사람 쓸데없는 소리."

형은 말하였습니다.

"형님, 그게 무슨 소리요?"

"서방질 하는 것하고 어찌 살아요?"

일동은 잠잠하였습니다.

"이혼 못하게 하면 나는 죽겠소."

이때 일동은 머리를 한데 모아 소곤소곤 하였소이다. 시누이가 주장이 되어 일이 결정되었나이다.

"네 마음대로 하라. 어머니에게도 불효요, 친척에게도 불목이란다."

나는 좌중에 뛰어들었습니다.

"하도 섭섭하면 합시다. 이러니저러니 여러 말 할 것도 없고, 허물을 잡아낼 것도 없소. 그러나 이 집은 내가 짓고, 그림판 돈도 들였고, 돈 버는 데 혼자 벌었다고도 할 수 없으니 전재산을 반분합시다."

"이 재산은 내 재산이 아니다. 다 어머니 것이다."

"누구는 산 송장인 줄 아오? 주기 싫단 말이지."

"죄 있는 계집이 무슨 뻔뻔으로."

"죄가 무슨 죄야. 만드니 죄지!"

"이것만 줄 것이니 팔아가지고 가거라"

씨는 논문서 한 장, 약 오백 원가량 가격되는 것을 내어준다.

"이따위 것을 가질 내가 아니다."

씨는 경성으로 간다고 하시며 그 길로 누이의 집으로 가서 의논하고 갔사외다.

나는 밤에 잠을 이루지 못하고 곰곰이 생각하였사외다.

"아니다, 아니다. 내가 사죄할 것이다. 그리고 내 동기가 악한 것이 아니었다면 말하자 일이 커져서는 재미 없다. 어린 것들의 전정을 보아 내가 굴하자."

나는 불현듯 경성향을 하였다. 여관으로 가서 그를 만나보았다.

"모든 것을 내가 잘못하였소. 동기만은 결코 악한 것이 아니었소."

"지금 와서 이게 무슨 소리야? 어서 도장이나 찍어."

"어린 자식들은 어찌하겠소?"

"내가 잘 기르겠으니 걱정 마라."

"그러지 맙시다. 당신과 내 힘으로 못 살겠거든 우리 종교를 잘 믿어. 종교의 힘으로 삽시다. 예수는 만인의 죄를 대신하여 십자가에 못 박히지 않았소?"

"듣기 싫어."

나는 눈물이 났으나 속으로 웃었다. 세상을 그렇게 빗두로 얼커맬 것이 무엇인가, 한번 남자답게 우선 울어두면 만사 무사히 되지 않는가. 나는 씨가 요지부동할 것을 알았다. 나는 모씨에게로 다가갔다.

"오빠, 이혼을 하자니 어찌할까요?"

"하지. 네가 고생을 아직 모르니 고생을 좀 해보아야지."

"저는 자식들 전정을 보아 못하겠어요."

"에렌케이 말에도 불화한 부부 사이에 기르는 자식보다 이혼하고 새 가정에서 기르는 자식이 양호하다지 아니 했는가?"

"그것은 이론에 지나지 못해요. 모성애는 존귀하고 위대한 것이니, 모성애를 잃은 어미도 불행하거니와, 모성애에 기르는 자식도 불행하외다. 이것을 아는 이상 나는 이혼은 못 하겠어요. 오빠, 중재를 시켜주세요."

"그러면 지금부터 절대로 현모양처가 되겠는가?"

"지금 즉 내 스스로 현모양처가 아니었던 일이 없으나, 씨가 요구하는 대로 하지요."

"그러면 내 중재해보지."

모씨는 전화기를 들어 사장과 영업 국장에게 전화를 걸었다. 중재를 시키자는 말이었사외다. 전화 답이 왔사외다. 타협될 희망이 없으니 단념하라고 하였나이다. 모씨는 "하지, 해. 그만큼 요구하는 것을 안 들을 필요가 무엇 있나?"

씨는 소설가인 만큼 인생 내면의 고통보다는 사건 진행에 호기심을 가진 것이었사외다. 나는 여기서도 만족을 얻지 못하고 돌아왔나이다. 그날 밤 여관에서 잠이 오지 않아 뒤척이다가, 사랑에서는 기생을 불러다가 홍이냐, 홍이냐 놀며 웃는 소리가 숨겨져 들려왔다. 이 어이없는 모순이냐. 상대자의 불품행을 논할진대, 자기 자신이 청백할 것이 당연할 일인데, 남자라는 명목 하에 이성과 놀고 자도 관계 없다는 당당한 권리를 갖고 있으니, 사회 제도도 제도려니와 몰상식한 태도에는 웃음이 나왔나이다. 마치 어린애들이 작란하는 모양으로, "너 그러니 나도 이래겠다는" 행동에 지내지 않았사외다. 인생 생활의 내막이 복잡한 것을 일즉이 직접 경험도 못하고 능히 상상도 못하는 씨의 일이라, 미구에 후회할 것을 짐작하나, 임에 기생 애인에 열중하고 지난 일을 구실삼아 이혼 주장에 고집불통하는 대야, 씨의 마음을 돌이킬 방침이 없었사외다.

나는 부득이 동래를 향해 떠났사외다. 봉천으로 다녀날까, 일본으로 다녀날까. 요즘만 넘기면 무사하리라고 확신하는 바이었사외다. 그러나 불행이 내 손중에는 그만한 여비가 없었던 것이었사외다. 고통에 못 견뎌 대구에서 나렸사외다. Y씨 집을 차자가니 반가워하며 연극장으로 요리집으로 술도 먹고 담배도 피며 그 부인과 삼인이 날을 새웠사외다. 씨는 사위 엿을 걱정하며 인재를 구해달라고 합니다. 나만 아는 내 고통은 쉴 새 없이 내 마음속에 돌고 돌고 빙빙 돌고 있나이다. 할 수 없이 동래로 내려갔사외다. 씨에게서는 여전히 이 일에 한 번식 독촉장이 왔사외다.

"이혼장에 도장을 치시오. 십오 일 내로 아니 치면 고소하겠소."

내 답장은 이러하였사외다.

"남남이 합하는 것도 당연한 이치요, 나는 것도 당연한 이치이나 우리는 서로 살아가지 못할 조건이 네 가지가 있소. 첫째는 팔십 노모가 계시니 불요. 둘째는 자식 사남매요, 학령 아동인 만치 보호해야 할 것이오. 셋째는 일가정은 부부의 공동생활인만치 분리케 되는 동시에 일가가 이가 되는 생계가 있어야 할 것이오. 이것을 마련해주는 것이 사람으로서의 의무가 아닐까 하오. 넷째는 우리 연령이 경험으로 보든지 시기로 보든지 순정 즉 사랑으로만 산다는 것보다 이해와 의로 살아야 할 것이오. 내가 임의 사과하였고 내 동기가 전혀 악으로 된 것이 아니오. 씨의 요구대로 현처양모가 되리라고 하였사외다."

씨의 답장은 이러하였사외다.

"나는 과거와 장래를 생각하는 사람이 아니오, 현재로만 살아갈 뿐이오. 정말 자식이 못 잊겠다면 이혼 후 자식들과 동거해도 좋고, 전과 같이 지내도 무관하오."

나를 비웃는 말인지 이혼의 시말이 어찌 되는지 역시 몰상식한 말이었사외다. 해달라 아니 해주겠다고 하는 동안이 거의 한 달이 되었다. 하루는 정학시켜달라고 한 삼촌이 노심을 품고 압장을 시고 시숙들, 시누이들이 모여 내게 육박하였사외다.

"잘못했다는 표로 도장을 찍어라. 그 뒷일은 우리가 다 무사히 맺을 것이니."

"혼인할 때도 두 사람이 한 일이니까, 이혼도 두 사람이 할 터이니 걱정을 마시고 가시오."

나는 밤에 한 잠 못 자고 생각하였사외다.

일은 이미 틀렸다. 계집이 생겼고 친척이 동의하고 한 일을 혼자 아니 하려 해도 쓸데없는 일이다. 나는 문득 이러한 방침을 생각하고 서약서 두 장을 썼습니다.

서약서

夫(부) ○○○과 妻(처) ○○○은 만 이 개년 동안 재가 또는 재취치 않기로 하되, 피차에 행동을 보아 복구할 수가 있기로 서약함.

右(우) 夫(부) ○○○ 印(인)

妻(처) ○○○ 印(인)

중재를 시키러 상경했던 시숙이 도장을 찍어가지고 내려왔나이다. 그는 이렇게 말하였나이다.

"여보 아주머니, 찍어줍시다. 그까짓 종이가 말하오, 자식이 사남매나 있으니 이 집에 대한 권리는 어디가겠소? 그리고 형님도 말이지, 설마 수속을 하겠소?"

옆에 앉았던 시어머니도, "그렇다 뿐이겠니? 그러다가 병날까 보아 큰 걱정이다. 찍어주고 저는 계집 없어 살거나 말거나 너는 나하고 어린 것들 데리고 살자그려."

나는 속으로 웃었다. 그리고 아니꼽고 속상했다. 얼른 도장을 꺼내다가 찍어주고, "우물쭈물할 것 무엇 있소? 열 번이라도 찍어주구려."

과연, 종이 한 장이 사람의 심사를 어떻게 움직이게 하는지 예측치 못하던 일이 하나 둘 생기고, 그 모습을 바꾸는 양은 웃음으로 볼까, 울음으로 볼까. 절대 무저항주의의 태도를 가지고 묵언 중에 타임이 운반하는 감정과 사물을 꾹꾹 참고, 하나씩 겪어 제칠 뿐이 없나이다.

(차호속)

Eglise Saint-Severin

이혼고백서 속(續)

- 청구씨에게

이혼 후

H에게서 편지가 왔나이다.

"K에게서 전화가 왔는데 이혼 수속을 필하였다고 사방으로 통지하는 모양입니다. 참 우수운 사람이오. 언니는 그런 사람과 이혼 잘 했소. 딱 일어서서 탁탁 털고 나오시오."

그러나 네 아해를 위하여 내 몸 하나를 희생하자. 나는 꼼짝 말고 있으련다. 그때부터 두 달 동안 있었나이다.

공기는 일변하였나이다. 서울서 씨가 종종 내려오나 나 있는 집에 들르지 아니하고 누이 집에 들러 어머니와 아해들을 청해다가 보고 시어머니는 눈을 흘기고 시누이는 축이고 시숙들은 우물쭈물 부르고 시어머니는 전권(全權)이 되고 만다. 동리 사람들은 "왜 아니 가누? 언제 가누?" 구경 삼아 말한다. 아해들은 할머니가 과자 사탕을 사주어 가며 내 방에서 데려다 잔다. 이와 같이 전쟁 후 승리자나 패배자 간과 같이 나는 마치 포로와 같이 되었나이다. 나는 문득 이렇게 생각했다.

'네 어린 것들을 살릴까, 내가 살아야 할까.'

이 생각으로 삼일 밤을 철야하였나이다.

오냐 내가 있는 후에 만물이 생겼다. 자식이 생겼다. 아해들아 너희들은 일찍부터 역경을 겪어라. 너희는 무엇보다 사람 자체가 될 것이다. 사는 것은 학문이나 지식으로 사는 것이 아니다. 사람이라야 사는 것이다. 짠삭크 듯 룻의 말에도 "나는 학자나 군인을 양성하는 것보다 먼저 사람을 기르노라."하였다. 내가 출가하는 날은 일곱 사람이 역경에서 헤매는 날이다. 그러나 이러나 내 개성을 위하여 일반 여성의 승리를 위하여 짐을 부둥부둥 싸 가지고 출가 길을 차렸나이다.

북행차를 탔다. 어디로 갈까 집도 없고 부(父)도 없고 형제도 없고 자식도 없고 친구도 없는 이 홀로된 몸 어디로 갈까 어디로 갈까.

경성에서 혼자 살림하고 있는 오래비 댁으로 갔었나이다. 마침 제사 때라 봉천서 남형이 돌아왔었나이다. 이미 장찰노 사건의 시종을 말했거니와 이번 사건에 일절 자기 자신은 나서지를 아니하고 자기 아내를 내보내어 타협 교섭한 일도 있었나이다.

"하여간 당분간은 봉천으로 가서 있게 하자."

"C를 한번 만나보고 결정해야겠소."

"만나보긴 무얼 만나보아."

"일이 이만치 되고 K와 절연이 된 이상 C와 연을 맺는 것이 당연한 일이 아니겠소?"

"별 말 말어라. K가 지금 체면상 어쩌지를 못하여 그렇게 하는 것이니, 봉천 가서 있으면 저도 생각이 있겠지."

이 두어 친구는 절대로 서울 가는 것을 반대하였나이다. 그는 서울 안에 돈 있는 독신 여자가 많아 K를 유혹하고 있다는 것이었사외다. 형은 이렇게 말하였나이다.

"다른 여자도 없으면 K의 인격은 다 알 수가 있나 보다. 다 운명에 맡기고 가자 가"

봉천으로 갔었나이다. 나는 진정 할 수 없었나이다. 물론 그림은 그릴 수 없었고 그대로 소일할 수도 없었나이다. 나는 내 과거 생활을 알기 위하여 초고해두었던 원고를 정리하였나이다. 그 중에 모성에 대한 글, 부부생활에 대한 글, 애인을 추억하는 글, 자살에 대한 글, 지금 당할 모든 것을 예언한 것 같이 되었나이다. 그리하여 전에는 생각하였던 바를 미루어 마음을 수습할 수 있었던 것이외다. 한 달이 못 되어 밀고 편지 왔었나이다.

"K는 여편네를 얻었소. 아해도 데려간다 하오."

아직도 설마 수속까지 하였으랴. 사회 체면만 면하면 화해가 되겠지 하고 믿고 있던 나는 깜짝 놀랐사외다. 형이 들어 왔소이다.

"너 왜 밥도 안 먹고 그러니?"

"이것 좀 보." 편지를 보였다. 형은 보고 비웃었다.

"제가 잘못 생각이지. 위인은 다 알았다. 그까짓것 단념해 버리고 그림하고나 살아라. 걸작이 나올지 아니?"

"나는 가보아야겠소"

"어디로?"

"서울로 해서 동래까지."

"다 지난 일을 가보면 무얼 해. 치소(嗤笑)받을 뿐이지."

"그러니 사람이 되고서 그럴 수가 있소. 생활비 한 푼 아니 주고 이혼이 무어요."

"이 개월간 별거생활하자는 서약은 어찌된 모양이야?"

"그것도 제맘대로 취소한 것이지."

"그놈 미쳤군, 미쳤어."

"나는 가서 생활비 청구를 하겠소. 아니 내가 번 것을 찾겠소."

"그러면 가보되 진중히 일을 해야 네 치소를 면한다"

나는 부산행 기차를 탔습니다. 경성 역에 내리니 전보를 받은 T가 나왔습니다. T의 집으로 들어가 우선 씨의 여관 주인을 청했었습니다. 나는 씨의 행동이 씨 혼자의 행동이 아니라 여관 주인을 대표로 하여 주위에 있는 친구들의 충동인 것을 알지 못했나이다.

"여보세요?"

"예."

"친구의 가정이 불행한 것을 좋아하십니까, 행복한 것을 좋아하십니까?"

"네, 무엇을 말씀하시는지 알겠습니다. 너무 오해하지 마십시오."

나는 전혀 몰랐더니 하루는 짐을 가지고 나가다가 "나도 그 여자 잘 아오. 며칠 살겠소." T는 말합니다.

나는 두어 친구로 동반하여 북미창정 씨의 살림 집을 향하여 갔었습니다. 나는 밖에 서 있으려니까 씨가 우쭐우쭐 오더니 그 집으로 들어가지 아니하고 내 앞을 지나갑니다.

"여보 찻집에 들어가 이야기 좀 합시다."

두 사람은 찻집으로 들어갔습니다.

"나 살 도리를 차려주어야 아니하겠소?"

"내가 아나. C더러 살려달래지."

"남의 걱정은 말고 자기 할 일이나 하소."

"나는 몰라."

나는 그 길로 부청으로 가서 복적수속을 물어 가지고 용지를 가지고 사무실로 갔습니다.

"여보 복적해주오."

"이게 무슨 소리야?"

"지난 일은 다 잊어버리고 갱생하여 삽시다. 당신도 파멸이오고 나도 파멸이오. 두 사람에게 속한 다른 생명이 파멸이오."

"왜 그래?"

"차차 살아보. 당신 고통이 내 고통보다 심하리다."

"누가 그런 걱정하래?"

홀쩍 나가버린다.

그 이튿날이었나이다. 나는 씨를 찾아 사무실로 갔습니다.

씨는 마침 점심을 먹으러 자택으로 향하는 길이었나이다.

"찻집에 들어가 나하고 이야기 좀 합시다."

씨는 아무 말 없이 달음질을 하여 그 집 문으로 쑥 들어섰나이다. 나도 부지불각 중 들어섰나이다. 뒤를 따라 방 안으로 들어섰나이다. 여편네는 걸레질을 치다가 "누구요?" 한다.

세 사람은 마주 처다보고 앉았다.

"영감을 많이 위해준다니 고맙소. 오늘 내가 여기까지 올란 것이 아니라 찻집으로 들어가 이야기 하자 했더니 그냥 오기에 쫓아 온 것이오"

"길에서 많이 보인 것 같은데요."

"그런지도 모르지요."

"내가 오늘 온 것은 이같이 속히 끝날 줄은 몰랐소. 이왕 이렇게 된 이상 나도 살 도리를 차려주어야 할 것 아니오. 그렇지 않으면 나도 이 집에서 살겠소. 인사 차리지 못하는 사람에게 인사를 차리겠소."

씨는 아무 말 없이 나가버렸나이다. 나와 여편네와 담화가 시작되었나이다.

"대체 어떻게 된 일이오?"

"그야 내게 물을 것 무엇이 있소. 알뜰한 남편에게 다 들었겠소."

"그래. 그림 그리는 재주가 있으니 살기야 걱정 없겠지요."

"집행이 없이 이러시는 장수가 있답디까?"

"나도 팔자가 사나워서 두 계집 노릇도 해봤으나 어린 것들이 있어서 마음이 상할까 봐 어린 것들을 보고 싶으면 어느 집이든지 보러 오시지요."

"그야 내 마음대로 할 것이오."

"저 남산 자택이 소나무가 얼마나 고상해 보이겠소마는 그 자택에 올라가보면 마찬가지로 먼지도 있고 흙도 있을 것이오."

"그 말은 내가 남의 첩으로 있다가 본처로 되어서도 일반이겠다는 말씀이죠."

씨가 다시 들어왔나이다. 세 사람은 다시 주거니 받거니 이야기가 시작되었나이다.

이때 어느 친구가 들어왔나이다. 그는 이번 사건에 화해시키려고 애를 쓴 사람이었나이다.

"무엇들을 그러시오."

"둘이 번 재산을 논하자는 말이외다."

"그 문제는 내게 일임하고 R 선생은 나와 같이 나갑시다. 가시지요."

나는 더 있어야 별 수 없을 듯하여 핑계를 삼아 일어섰나이다. 씨와 저녁을 먹으며 여러 이야기를 하였나이다.

나는 그 이튿날 동래로 내려갔습니다. 나는 기회를 타서 네 아이를 데리고 바다에 몸을 던질 결심이었나이다. 내 태도가 이상했는지 시어머니와 시누이는 눈치를 채고 아해들을 끼고 듭니다. 기회를 타고 싶어도 탈 수 없었나이다. 다시 짐을 정

Square Saint-Pierre à Montmartre
1908

리하기 위해 잠겨두었던 장문을 열었습니다. 반이 쑥 들어간 것을 볼 때 깜짝 놀랐나이다.

"이 장문을 누가 곁쇠질을 했어요?"

"나는 모른다. 저번에 아버님이 와서 열어보더라."

"그래 여기에 있던 물건을 다 어쨌어요?"

"안방에 갖다두었다."

"그것은 다 이리 내놓으시오"

여편네들은 혀 끝에 놀아나 잠근 장을 곁쇠질하여 중요 물품을 꺼낸 씨의 심사를 밉다고 할까 분하다고 할까 나는 마음을 눌러서 생각하였나이다. 역시 몰상식하고 몰인정한 태도이외다. 그만치 그가 쓸데없이 약아지고 그만치 그가 경제상 핍박을 당한 것을 불쌍하게 생각하였나이다. 다시 최후의 출가를 결심하고 경성으로 향하였나이다. 황망한 사막에 서 있는 외로운 몸이었나이다.

어디로 향할까

모성애를 고수해보려고 가진 애를 썼나이다. 이 점으로 보아 양심에 부끄러울 아무것도 없나이다.

나는 죽을 수밖에 없는 사람이 되고 말았나이다. 죽는 일은 쉽사외다. 한번 결심만 하면 뒤는 극락이외다. 그리고 내 사명이 무엇인지 알 수 없나이다. 없는 길을 찾는 것이 내 힘이오, 없는 희망을 만드는 것이 내 힘이었나이다.

역경에 처한 자의 요령은 노력이외다. 근면이외다. 번민만 하고 있는 동안은 타임은 가고 그 타임은 절망과 파멸밖에 갖다주는 것이 없나이다. 나는 위선 제전에서 입선될 희망을 만들었나이다. 그림을 팔고 있는 것을 전당하여 금강산행을 하였나이다. 구 만물상 만상정에서 일삭간 지내는 동안 대소품 이십개를 엇엇섰나이다. 여기서 우연히 아부충가씨와 박희도씨를 만났사외다.

"아 이게 웬일이오?" 박희도 씨는 나를 보고 놀랐사외다.

"선생, 여기에 R씨가 있군요."

아부 씨는 우리 방 문지방에 걸터앉으며 유심히 내 얼굴을 처다보았나이다.

"혼자이십니까?"

"혼자 몸이 홀로 있는 게 당연하지 않아요."

"갑시다."

씨는 강한 어조로 동정에 넘치는 말이었사외다.

"내일까지 완성될 그림이 있으니 내일 저녁 때 내려가지요."

"그럼 호텔에서 기다리지요."

"아무쪼록."

씨는 한발을 질질 끌며 의자에 앉으셨다. 타고 다니는 의자에.

"인간도 이쯤 되면 끝장이지."

"선생도 별 말씀을."

그 이튿날 호텔에서 만나도록 이야기하고 금번 압록강 상류 일주 일행 중에 첨가되도록 이야기가 진행되었었나이다. 그 이튿날 양씨는 주을온천으로 가시고 나는 고성 해금강으로 갔었나이다. 고성 군수 부인이 동경 유학 시 친구였던 관계상 그의 사택에 가서 성찬으로 잘 놀고 해금강에서 역시 아는 친구를 만나 생복을 많이 얻어 먹었나이다.

북청으로 가서 일행을 만나 혜산진으로 향하였나이다. 후기령 경색은 마치 일폭의 남화였나이다. 일행 중 아부씨, 박영철씨 두 분이 계셔서 처처에 환영하며 연회는 성대하였나이다. 신갈포로 압록강 상류를 일주하는 광경은 형언할 수 없이 좋았습니다. 일행은 신의주를 거쳐 경성으로 향하고 나는 봉천으로 향하였습니다. 거기서 그림 전람회를 하고 대련까지 갔다 왔습니다. 그 길로 동경행을 차렸습니다. 대구서 아부씨를 만나 경주 구경을 하고 진영으로 가서 박간농장을 구경하고 자동차로 통도사 범어사를 지나 동래를 거쳐 부산에 도착하여 연락선을 탔습니다. 동경역에는 C가 출영하였었습니다. 그는 의외에 내가 오는 것을 보고 놀랐습니다.

파리에서 그린 내게는 걸작이라고 할 만한 "정원"을 제전에 출품하였습니다. 하루 밤은 입선이 되리라 하여 깨어서 잠을 못 자고, 하루 밤은 낙선이 되리라 하여 걱정이 되어 잠을 못 잤습니다. 천이백이십사 점 중 이백 점 선출에 입선이 되었었습니다. 너무 기쁨에 넘쳐 전신이 얼어붙었습니다. 신문 사진반은 밤중에 문을 두드리고 라디오로 방송이 되고 한 뉴

스가 되어 동경 일판을 뒤덮었습니다. 이로 인해 나는 면목이
섰고 내 일신의 생계가 생겼습니다.

사람은 남자나 여자나 다 힘을 가지고 삽니다. 그 힘을 사
람은 어느 시기에 가서 자각합니다. 아무래도 한 번이나 두
번은 다 자기 힘을 의식했었습니다. 그때 나는 퍽 행복스러웠
습니다. 아부씨는 내가 갱생하는 데 은인이었습니다. 정신상
으로나 물질상 얼마나 힘을 써주었는지 그 은혜를 이을 길이
없습니다.

모성애

몇백만 명의 여성들이 몇천 년 전 옛날부터 자식을 낳아 길
렀다. 이와 동시에 본능적으로 맹목적으로 육체와 영혼을 무
조건적으로 자식을 위해 바쳐왔나이다. 이는 여성으로서 날
때부터 가지고 나온 한 도덕이었고, 한 의무였고, 이보다 이
상되는 천직이 없었다. 그러므로 연인의 사랑, 친구의 사랑은
상대적이고 보수적이나 어머니가 자식을 사랑하는 것만은 절
대적이고 무보수적이며 희생적이다. 그리하여 최고 존귀한
것은 모성애가 되고 만다. 많은 여성은 자기 자신이 가진 이
모성애로 고쳐 얼마나 만족을 느꼈으며 행복스러웠는지 모른
다. 그러나 때로는 이 모성애에 얽매여 하고 싶은 것을 하지
못하고, 비참한 운명 속에서 울고 있는 여성도 적지 않다. 그
러면 이 모성애는 여성에게 최고 행복인 동시에 최고 불행한

것이 되고 만다. 여자가 자기 개성을 잊고 살 때, 모든 생활보장을 남자에게 받을 때 무한히 편하였고 행복스러웠지만 여자도 인권을 주장하고 개성을 발휘하려고 하며 남자만 믿고 있지 못할 생활전선에 나서게 된 오늘날에는 무한한 고통이요 불행을 느낄 때도 있는 것이외다.

나는 어느덧 네 아이의 어머니가 되고 말았사외다. 그러나 내가 애를 씨고, 애를 배고, 애를 낳고, 애를 젖 먹여 기르는 것은 큰 사실이외다. 내가 모(母)된 감상기 중에 자식의 의미는 단수에 있는 것이 아니라 복수에 있다고 했었나이다. 과연 하나 기르며 둘 기르는 동안 지금의 애인에게서나 친구에게서 맛보지 못하는 애정을 느끼게 되었나이다. 구미 만유하고 온 후로는 자식에 대한 이상이 서 있게 되었나이다. 아해들의 개성이 눈에 띄고 그들의 앞길을 지도할 자신이 생겼었나이다. 그리하여 나는 그들을 길러보려고 얼마나 애쓰고 굴복하고 사죄하고 화해를 요구했는지 모릅니다. 그러나 모든 것이 무용지물이 되고 말았구려.

금욕생활

밤중에 눈이 떠지면 허공의 구석으로부터 일진의 바람이 어디서 오는지 모르게 불어듭니다. 그 고적이 가슴 속에 퍼지는 것이 느껴집니다. 지금 내가 느끼는 고적은 아무런 해가 될 것은 없습니다. 지금 느끼는 고적은 독초 가시를 밟는 자국의 아픔을 느끼는 듯합니다. 어디로부터 와서 어디로 가는지 모르는 가운데 무언가를 하든지 그 뒤는 고적합니다. 나는 소위 정조를 고수한다는 것보다 재혼하기에는 중심을 일치하지 말자는 것입니다. 즉 내 마음 하나를 잊지 말자는 것입니다. 나는 이미 중실(中實)을 잃은 사람이 되고 말았습니다. 이에 중심까지 잃는 날은 내 전정(前程)은 파멸이 됩니다. 오직 중심 하나를 붙잡기 위해 절대 금욕 생활을 해왔습니다.

남녀를 막론하고 임신 시기에는 금욕생활이 용이한 일이 아닙니다. 나도 이것만은 태몽을 꾸면서 고통으로 지내고 있습니다. 나는 처녀와 같고 과부와 같은 심리를 가질 때가 종종 있나이다. 그러고 독신자에게는 이러한 경구가 있다는 것을 이러서는 안 됩니다. "모든 사람에게 허락할까 한 사람에게도 허락하지 말까." 이성의 사랑은 무섭다. 사람의 열정이 무한히 올라가는 것이 아니라 한난계의 수은이 백 도에서 올라갔다가 도로 저하하듯 사랑의 초점을 백 도로 치면 그 이상 올라가지 못하고 저하하는 것입니다. 그리하여 열정이 고상할 때는 상대자의 행동이 미화 선화되나 저하할 때는 여지 없이 추화 악화되는 것입니다. 나는 이것을 잘 압니다. 그리하여 사랑이 움트지 않을 만하면 부질없이 바람입니다. 나는 그 저하한 뒤 고적을 무서워합니다. 실현입니다. 이번이야말로 다시 이런 상처를 받게 되는 날은 갈 곳 없이 사지로 빠져 돌아갈 길이 없는 길입니다. 아, 무서운 것!

적막한 것은 사람입니다. 그러므로 사람은 살아 있다는 것이 무의미로 생각하기에는 너무 긴 감각을 주는 것을 알 수 있습니다. 어디서 굴러든지 어떻게 하든지 거기서 가는 사람은 은택 입은 사람입니다. 적막에서 돌아오는 그것이 우리의 희망일는지 모릅니다. 아, 사람은 혼자 살기에는 너무 적습니다. 타임의 하루는 짧으나 그 타임의 계속한 일 년이나 이 년은 깁니다.

이혼 후 소감

나는 사람으로 태어난 것을 후회합니다. 나는 사람으로 태어나고 싶어서 태어난 것이 아니라 사람이 어떤 존재인지, 이 세상이 어떤 곳인지 모르고 태어난 것 같습니다. 이 인생이 더 추하고 비참한 것이고, 더 절망적으로 되었다 하더라도 나는 원망하지 않습니다. 지금 나는 죽어도 살아도 괜찮다고 생각합니다. 죽음은 무서운 것입니다. 그럴 때마다 자신을 제대로 살았는지 아닌지 봅니다. 나는 자신을 제대로 살았으면 죽음이 무섭지 않지만, 자신을 다 살지 못했으면 죽음이 무섭습니다. 그런 이유로 죽음의 공포를 느낄 때마다 자신의 부덕함을 통절히 느낍니다.

나는 자신을 천박하게 만든 것도 아니고, 동시에 타인을 원망하기 전에 자신을 반성하고 싶습니다. 자기 내심에 천박한 마음이 생기는 것을 알고 고치지 않고는 있을 수 없는 사람은

Rue de l'église, Bucquoy
1931

인류의 보물입니다. 이러한 사람은 스스로 자기 마음 속에 있는 잡초를 없애고 좋은 씨앗을 심는 곳마다 펼쳐져 사람 마음의 양식이 되는 자입니다. 즉 공자나 석가나 예수와 같은 사람입니다. 태양은 만물을 다겁게 하지 않지만 자연스럽게 만듭니다. 아무리 더러운 것이 있어도 그것을 비춰주는 재료로 변화해버립니다. 바다는 아무리 더러워진 것이 있어도 자체를 더럽히지 않습니다.

모든 사람의 경우와 처지를 생각해보자, 그곳에서 자신을 찾습니다. 사랑을 느낍니다. 그러므로 자신이 요구하는 사람을, 먼저 자신을 만듭니다. 사람은 자기 내심의 자기조차 모르는 진정한 자신을 가지고 있습니다. 보이지도 알지도 못하는 자신을 찾아내는 것이 사람 일생의 일이 됩니다. 즉 자아 발견입니다. 사람은 쓸데없는 격식과 세간의 체면과 반쪽 아는 학문의 속박을 많이 받습니다. 있으면 있을수록 더 가지고 싶어 하는 것이 돈입니다. 높으면 높을수록 더 높아지고자 하는 것이 지위입니다. 가지면 가진 만큼 음기로 변하는 것이 학문입니다. 사람의 행복은 부를 얻은 것이 아니며, 일흠을 얻은 것이 아니며, 어떤 일에 일념이 되었을 때 그 일념이 된 순간에 사람은 전신이 세청한 행복을 느낍니다. 즉 예술적인 기분을 느끼는 것입니다.

인생은 고통 그 자체일지 모릅니다. 고통은 인생의 사실입니다. 인생의 운명은 고통입니다. 일생을 두고 고병을 기쁘게 맛보는 데 있습니다. 그리하여 이 고통을 명확히 사람에게 알려주는 데 있습니다. 범인은 고통의 지배를 받으며, 천재는 죽음을 가지고 고통을 익혀내어 영광과 권위를 취할 수 있는 살 방침을 차립니다. 이는 고통과 쾌락 이상의 자신에게 사명이 있기 때문입니다. 그리하여 결국 고통 이상의 것을 만들고 맙니다.

번뇌 중에서도 일의 시초를 지어 놓습니다. 내 갈 길은 내가 차자 엇어야 합니다. 사람은 누구든지 자기 운명이 어떻게 될지 모릅니다. 속죄를 지은 운명이 있습니다. 셀 수 없는 운명의 철쇄입니다. 그러나 너무 비참한 운명은 왕왕 약한 사람으로 하여금 반역하게 만듭니다. 나는 거의 재기할 기분이 없을 만큼 슬리고 욕하고 저주함을 받게 되었습니다. 그러나 나는 필경에는 그런 운명의 줄에 얽히지 않고, 필사의 쟁투에 전념하고 애태우고 고통스럽게 하면서 재기하려 합니다.

조선 사회의 인심

우리가 구미 만유하기 전 그다지 심하지 않았다만, 갔다 와서 보니 전보다 비교하여 일반 레벨이 훨씬 높아진 것이 완연히 눈에 띄었습니다. 그리하여 유식 계급이 많아진 동시에 생존경쟁이 유심히 되었습니다. 생활 전선에 선 이천만 민중은, 저축 없고 직업 없고 실력 없이 살 길에 헤매여 할 수 없이 대판으로 만주로 남부여대하여 가는 자가 불소하외다. 과연 조선도 이제는 돈이 있든지 실력 즉 재조가 있어야만 살게 되었사외다.

사상상으로 보면 국제적 인물이 통행하는 관계상 각 방면의 주의 사상이 수입하게 됩니다. 이에 좁게 알고 널리 보지 못한 사람으로 그 요령을 취득하기에 방황하는 것은 당연한 이치입니다. 비빔밥을 그냥 먹을 일이오. 그 중에서 맛을 취할 줄 모르는 것이 대부분입니다. 그럼으로 오늘은 이 주의에서 놀다가 내일은 저 주의에서 놀게 되고, 오늘은 이 사람과 친했다가 내일은 저 사람과 친하게 됩니다. 일정한 주의가 확립치 못하고 고립한 인생관이 서지를 못하여 바람에 날리는 갈대와 같은 시일을 보내고 맙니다. 이는 대개 정치 방면에 길이 막히고 경제에 얽매여 자기 마음을 자기가 마음대로 가지지 못하는 관계도 있겠지만, 넘어 산만적이 되고 말았나이다.

조선의 유식 계급 남자 사회는 불상합니다. 제일 무대인 정치 방면에 길이 막히고 배호고 싸운 학문은 용도가 없어서 이 이론 저 이론 말해야 이해해줄 사회가 못 되고 그나마 사랑이나 살아볼까 하나 가족제도에 얽매인 가정 몰이해한 처자로 하여 눈살이 찌푸려지고 생활이 신산스러울 일이입니다. 애매한 요리집에나 출입하며 죄 없는 술에 투정을 다하고 몰상식한 기생을 품고 즐기나 그도 역시 만족을 주지 못합니다. 이리가 보면 날가 저 사람을 맞나면 날가 하나 남는 것은 오직 고적일 일입니다.

유식 계급 여자 즉 신여성도 불상하외다. 아직도 봉건시대 가족제도 밑에서 자라나고 시집가고 살림하는 그들의 내용의 복잡이란 말할 수 없이 난국이외다. 반 아는 학문이 신구식의 조화를 일으킬 일이오 음기를 돋을 일이외다. 그래도 그대들은 대학에서 전문에서 인생철학을 배우고 서양에나 동경에서 그들의 가정을 구경하지 아니하였는가 마음과 정신은 하늘에 있고 몸과 일은 땅에 있는 것이 아닌가 달콤한 사랑으로 결혼 하였으나 너는 너요 나는 나대로 놀게 되니 사는 아무 의미가 없어지고 아침부터 저녁까지 반찬 걱정만 하게 되지 않겠는 가 급기 신경과민 신경쇠약에 걸려 독신 여자를 부러워하고 독신주의를 주장하는 것이 아닌가 여성은 보통 약자라 하나 결국 강자이며 여성을 적다하나 위대한 것은 여성 이외다. 행 복은 모든 것을 지배할 수 있는 그 능력에 있다는 것이외다. 가정을 지배하고 남편을 지배하고 자식을 지배한 남어지에 사회의 지배하소서. 최후 승리는 여성에게 있다는 것 아닌가.

조선 남성 심사는 이상하외다. 자기는 정조관념이 없으면서 처에게나 일반 여성에게 정조를 요구하고 남의 정조를 지키실 냐고 합니다. 서양에나 동경 사람이라 하더라도 내가 정조관 념이 없으면 남의 정조관념 없다는 것을 이해하고 존경합니 다. 남에게 정조를 유인하는 이상 그 정조를 고수하도록 애호 해주는 것도 보통 인정이 아닌가. 종종 방종한 여성들이 있다 면 자기가 직접 쾌락을 맛보면서 간접으로 말살시키고 저작시키는 일이 불소하외다. 이 어이한 미개명의 부도덕이냐.

조선 일반 인심은 과도기인만치 탁 터나가지를 못하면서 내심으로는 그런 것을 요구합니다. 경제에 얽매여 옴치고 삶을 풀 곳이 없다가 누가 압흘 서난 사람이 있으면 가부를 막론하고 비난하며 그들에게 확실한 인생관이 없는 만치 사물에 해결이 없으며 동정과 이해가 없이 형세 닿는 대로 이리 긋기고 저리 긋기게 됩니다. 무슨 방침을 세워서라도 구해줄 생각은 소호도 없고 마치 연극이나 활동사진 구경하듯이 재미스러워 하고 비소하고 즐기며 일선안에 착심하였던 유망한 청년으로 하여금 위축의 불구자를 만드는 것 아닌가 보라. 구미 각국에서는 돌비한 행동하는 자를 유행을 삼아 그것을 장려하고 그것을 인재라 하며 그것을 천재라 하지 않는가. 그럼으로 압흘 다토아 창작물을 내나니 이럼으로 일진월보가 보이지 않는가. 조선은 어떠한가. 조금만 변한 행동을 하면 곳 말살시켜 재기치 못하게 하나니 고금의 예를 보아라. 천재는 당시 풍속 습관의 만족을 가지지 못할 일이 아니라 차대를 추측할 수 있고 창작해낼 수 있나니 변동을 행하는 자를 어찌 경솔히 볼 것인가. 가공할 것은 천재의 싹을 분질러 놓는 것이외다. 그럼으로 조선 사회에는 금후로는 제일선에 나서 활동하는 사람도 필요하거니와 제이선 제삼선에 처하여 유망한 청년으로 역경에 처하였을 때 그 길을 틔워주는 원조자가 있어야 할 것이오. 사물의 원인 동기를 심찰하여 쓸 데 없는 도덕과 법률로 재판하여 큰 죄인을 만들지 않는 이해자가 있어야 할 것입니다.

청구 씨에게

씨여 이만하면 머물러 있는 동안 내 생각을 알겠고 변동된 내 생활을 알겠사외다. 그러나 여보세요. 아직도 나는 내게 적당한 행복된 길이 어디 있는지를 찾지 못하였어요. 씨와 동거하면서 자꾸 의사충돌을 하며 아이들과 살림살이에 엄벙덤벙 시일을 보내는 것이 행복스러웠을는지 아니면 방랑생활로 나서 스케치북을 메고 감파스에 그림 그리고 다니는 이 생활이 행복스러울지 모르겠소. 그러나 인생은 가정만도 인생이 아니오 예술만도 인생이 아니외다. 이것저것 합한 것이 인생이외다. 마치 수소와 산소가 합한 것이 물인 것과 같지, 여보세요 내 주의는 이러해요. 사람 중에는 보통으로 사는 사람과 보통 이상으로 사는 사람이 있다고 봅시다. 그러면 그 보통 이상으로 사는 사람은 보통 사람 이상으로의 정력과 개성을 가진 자 외다. 더구나 근대인의 이상은 남의 하는 일을 다 하고 남는 정력으로 자기 개성을 발휘하는 것이 가장 최고의 이상일 것이외다. 그난 이론이 아니라 실례가 많으니 위인, 걸사들의 생활은 그러하외다. 즉 수신제가치국평천하가 고금이 다를 것 없나이다. 나는 이러한 이상을 가지고 십년 가정생활에 내 일을 계속해왔고 자금으로도 실행할 자신이 있든 것이외다. 그러므로 부분적이 내 생활 행복이 될 리 만무하고 종합적이라야 정말 내가 요구하는 행복의 길일 것이외다. 이 이상을 파괴케 됨은 어찌 유감이 아니릿가.

감정의 순환기가 십 년이라 하면 싫었던 사람이 좋아도지고 좋았던 사람이 싫어도지며 친했던 사람이 멀어도지고 멀었던 사람이 친해도지며 선한 사람이 악해도지고 악했던 사람이 선해도지나이다. 씨의 십 년 후 감정은 어찌 될까 이상에도 말하였거니와 부부는 세 시기를 지나야 정말 부부생활의 의미가 있다고 하였습니다. 나는 이미 그대의 장처단처를 다 알고 씨는 나의 장처단처를 다 아는 이상 호상보조하여 살아갈 우리가 아니었던가. 하여간 이상 몇 가지 주의로 이혼은 내 본의가 아니오, 씨의 강청이었나이다. 나는 무저항적으로 양보한 것이니 천만 번 생각해도 우리 처지로 우리 인격을 통일치 못하고 우리 생활을 통일치 못한 것은 부끄러운 일입니다.

아울러 바라는 바는 팔십 노모의 여생을 편하게 하고 네 아해의 양육을 충분히 주의해주시고 나머지는 씨의 건강을 바라나이다.

Pontoise, l'Eperon Street and Street de la Coutellerie
1914

경희

1

"아이구, 무슨 장마가 그렇게 심해요."

하며 담배를 붙이는 뚱뚱한 마님은 오래간만에 오신 사돈 마님이다.

"그러게 말이지요. 심한 장마에 아이들이 병이나 아니 났습니까. 그동안 하인도 한번 못 보냈어요."

하며 마주앉아 담배를 붙이는 머리가 희끗희끗하고 이마에 주름살이 두어 줄 보이는 마님은 이철원(李鐵原)댁 주인 마님이다.

"아이구 별말씀을 다하십니다. 나 역시 그랬어요. 아이들은 충실하나 어멈이 어째 수일 전부터 배가 아프다고 하더니 오늘은 일어나 다니는 것을 보고 왔어요."

"어지간히 날이 더워야지요. 조금 잘못하면 병나기가 쉬워요. 그래서 좀 걱정이 되셨겠습니다."

"인제 나았으니까 마음이 놓여요. 그런데 애기가 일본서 와서 얼마나 반가우셔요."

하며 사돈 마님은 잊었던 일을 깜짝 놀라 생각하는 듯이 말을 한다.

"먼 데다가 보내고 늘 마음이 놓이지 않다가 그래도 일 년에 한 번씩이라도 오니까 집안이 든든해요."

주인 마님 김 부인은 담뱃대를 재떨이에 탁탁 친다.

"그렇다마다요. 아들이라도 마음이 아니 놓일 텐데 처녀를 그러한 먼 데다 보내시고 그렇지 않겠습니까. 그런데 몸이나 충실했었는지요."

"네. 별병은 아니 났나 보아요. 제 말은 아무 고생도 아니 된다 하나 어미 걱정시킬까 보아 하는 말이지, 그 좀 주리고 고생이 되었겠어요. 그래서 얼굴이 꺼칠해요."

하며 뒤꼍을 향하여,

"아가, 아가, 서문안 사돈 마님이 너 보러 오셨다."

한다.

"네."

하고 대답하는 경희는 지금 시원한 뒷마루에서 오래간만에 만난 오라버니댁과 앉아서 오라버니댁은 버선을 깁고 경희는 앉은 재봉틀에 자기 오라버니 양복 속적삼을 하며 일본서 지낼 때에 어느 날 어디를 가다가 하마터라면 전차에 치일 뻔하였더란 말, 그래서 지금이라도 생각만 하면 몸이 아슬아슬하다는 말이며, 겨울이 오면 도무지 다리를 펴고 자 본 적이 없고 그래서 아침에 일어나면 다리가 꼿꼿했다는 말, 일본에는 하루걸러 비가 오는데 한번은 비가 심하게 퍼붓고 학교 상학 시간은 늦어서 그 굽 높은 나막신을 신고 부지런히 가다가 넘어져서 다리에 가죽이 벗겨지고 우산이 모두 찢어지고 옷에 흙이 묻어 어찌 부끄러웠었는지 몰랐었더란 말, 학교에서 공부하던 이야기, 길에 다니며 보던 이야기 끝에 마침 어느 때 활동사진에서 보았던 어느 아이가 아버지가 장난을 못 하게 하니까 아버지를 팔아버리려고 광고를 써서 제 집 문밖 큰 나무에다가 붙였더니 그때 마침 그 아이만 한 육칠 세된 남매가 부모를 잃어버리고 방황하다가 꼭 두 푼 남은 돈을 꺼내 들고 이 광고대로 아버지를 사려고 문을 두드리던 양을 반쯤 이야기하는 중이었다. 오라버니댁은 어느덧 바느질을 무릎 위에다가 놓고 "하하, 허허." 하며 재미스럽게 듣고 앉았던 때라 "그래서 어떻게 되었소?" 묻다가 눈살을 찌푸리며,

"얼른 다녀 오."

간절히 청을 한다.

옆에 앉아서 빨래에 풀을 먹이며 열심히 듣고 앉았던 시월이도 혀를 툭툭 친다.

"아무렴 내 얼른 다녀오리다."

경희는 이렇게 대답을 하고 제 이야기에 재미있어서 하는 것이 기뻐서 웃으며 앞마루로 간다.

경희는 사돈 마님 앞에 절을 겸손히 하며 인사를 여쭈었다. 일 년 동안이나 잊어버렸던 절을 일전에 집에 도착할 때에 아버지 어머니에게 하였다. 하므로 이번에 한 절은 익숙하였다. 경희는 속으로 일본서 날마다 세로 가로 뛰며 장난하던 생각을 하고 지금은 이렇게 얌전하다 하며 웃었다.

"아이구, 그 좋던 얼굴이 어쩌면 저렇게 못 되었니, 오죽 고생이 되었을라고."

사돈 마님은 자비스러운 음성으로 말을 한다. 일부러 경희의 손목을 잡아 만졌다.

"똑 시집살이한 손 같구나. 여학생들 손은 비단결 같다는데 네 손은 왜 이러냐."

"살성이 곱지 못해서 그래요."

경희는 고개를 수그린다.

"제 손으로 빨래해 입고 밥까지 해 먹었다니까 그렇지요."

경희의 어머니는 담배를 다시 붙이며 말을 한다.

"저런, 그러면 집에서도 아니하던 것을 객지에 가서 하는구나. 네 일본 학교 규칙은 그러냐?"

사돈 마님은 깜짝 놀랐다. 경희는 아무 말 아니한다.

"무얼요. 제가 제 고생을 사느라고 그러지요. 그것 누가 시키면 하겠습니까. 학비도 넉넉히 보내주지마는 그 애는 별나게 바쁜 것이 재미라고 한답니다."

김 부인은 아무 뜻 없이 어제 저녁에 자리 속에서 딸에게 들은 이야기를 한다.

"그건 왜 그리 고생을 하니."

사돈 마님은 경희의 이마 위에 너펄너펄 내려온 머리카락을 두 귀밑에다 끼워주며 적삼 위로 등의 살도 만져 보고 얼굴도 쓰다듬어준다.

"일본에는 겨울에도 불도 아니 때인대지. 그리고 반찬은 감질이 나도록 조금 준 대지. 그것 어찌 사니?"

"네, 불은 아니 때나 견디어 나면 관계치 않아요. 반찬도 꼭 먹을 만치 주지 모자르거나 그렇지는 아니해요."

"그러자니 모두가 고생이지. 그런데 네 형은 그동안 병이 나서 너를 못 보러 왔다. 아마 오늘 저녁 꼭은 올 터이지."

"네, 좀 보내주세요. 벌써부터 어찌 보고 싶었는지 몰라요."

"암 그렇지. 너 왔다는 말을 듣고 나도 보고 싶어하였는데 형제끼리 그렇지 않으랴."

이 마님은 원래 시집을 멀리 와서 부모 형제를 몹시 그리워 본 경험이 있는 터라, 이 말에는 깊은 동정이 나타난다.

"거기를 또 가니? 인제 고만 곱게 입고 앉았다가 부잣집으로 시집가서 아들딸 낳고 재미드랍게 살지 그렇게 고생할 것 무엇 있니?"

아직 알지 못하여 그렇게 하지 못하는 것을 일러주는 것같이 경희에 대하여 말을 하다가 마주 앉은 경희 어머니에게 눈을 향하여 '그렇지 않소? 내 말이 옳지요.' 하는 것 같았다.

"네, 하던 공부 마칠 때까지 가야지요."

"그것은 그리 많이 해 무엇하니. 사내니 고을을 간단 말이냐? 군주사(郡主事)라도 한단 말이냐? 지금 세상에 사내도 배워 가지고 쓸 데가 없어서 쩔쩔 매는데……."

이 마님은 여간 걱정스러워 아니한다. 그리고 대관절 계집애를 일본까지 보내 이 공부를 시키는 사돈 영감과 마님이며 또 그렇게 배우면 대체 무엇하자는 것인지를 몰라 답답해한 적은 오래 전부터 있으나 다른 집과 달라 사돈집 일이라 속으로는 늘 '저 계집애를 누가 데려가나.' 욕을 하면서도 할 수 있는 대로는 모른 체하여 왔다가 오늘 우연한 좋은 기회에 걱정해 오던 것을 말한 것이다.

경희는 이 마님 입에서 "어서 시집을 가거라. 공부는 해서 무엇하니." 꼭 이 말이 나올 줄 알았다. 속으로 '옳지, 그럴 줄 알았지.' 하였다. 그리고 어제 오셨던 이모님 입에서 나오던 말이며 경희를 보실 때마다 걱정하시는 큰어머니 말씀과 모두 일치되는 것을 알았다. 또 작년 여름에 듣던 말을 금년 여름에도 듣게 되었다. 경희의 입술은 간질간질하였다.

'먹고 입고만 하는 것이 사람이 아니라 배우고 알아야 사람이에요. 당신댁처럼 영감 아들간에 첩이 넷이나 있는 것도 배우지 못한 까닭이고 그것으로 속을 썩이는 당신도 알지 못한 죄이에요. 그러니까 여편네가 시집가서 시앗을 보지 않도록 하는 것도 가르쳐야 하고 여편네 두고 첩을 얻지 못하게 하는 것도 가르쳐야만 합니다.' 하고 싶었었다. 이외에 여러 가지 예를 들어 설명도 하고 싶었었다. 그러나 이 마님 입에서는 반드시 오늘 아침에 다녀가신 할머니의 말씀과 같은 "얘, 옛날에는 여편네가 배우지 않아도 수부다남(壽富多男)하고 잘만 살아왔다. 여편네는 동서남북도 몰라야 복(福)이 많단다. 얘,

공부한 여학생들도 보리 방아만 찧게 되더라. 사내가 첩 하나도 둘 줄 모르면 그것이 사내냐?" 하던 말씀과 같이 꼭 이 마님도 할 줄 알았다. 경희는 쇠귀에 경을 읽히 하고 제 입만 아프고 저만 오늘 저녁에 또 이 생각으로 잠을 못 자게 될 것을 생각하였다. 또 말만 시작하게 되면 답답하여서 속이 불과 같이 탈 것, 자연 오랫동안 되면 뒷마루에서는 기다릴 것을 생각하여 차라리 일절 입을 다물었다. 더구나 이 마님은 입이 걸어서 한 말을 들으면 열 말쯤 거짓말을 보태어 여학생의 말이라면 어떻든지 흉만 보고 욕만 하기로는 수단이 용한 줄을 알았다. 그래서 이 마님 귀에는 좀처럼 한 변명이라든지 설명도 조금도 곧이가 들리지 않을 줄도 짐작하였다. 그리고 어느 때 경희의 형님이 경희더러 "얘, 우리 시어머니 앞에서는 아무 말도 하지 마라. 더구나 시집 이야기는 일절 말아라. '여학생들은 예사로 시집 말들을 하더라. 아이구 망측한 세상도 많아라. 우리 자라날 때는 어디서 처녀가 시집을 해보아.' 하신다. 그뿐 아니라 여러 여학생 험담을 어디 가서 그렇게 듣고만 오시는지 듣고 오시면 똑 나 들으라고 빗대 놓고 하시는 말씀이 정말 내 동생이 학생이어서 그런지 도무지 듣기 싫더라. 일본 가면 계집애 버리느니 별별 못 들을 말씀을 다 하신단다. 그러니 아무쪼록 말을 조심해라." 한 부탁을 받은 것도 있다. 경희는 또 이 마님 입에서 무슨 말이 나올까 보아 마음이 조릿조릿하였다. 그래서 다른 말이 시작되기 전에 뒷마루로 달아나

Le Lapin Agile
1910

려고 궁둥이가 들썩들썩하였다.

"이따가 급히 입을 오라범 속적삼을 하던 것이 있어서 가 보아야겠습니다."

하고 경희는 앓던 이가 빠지기나 한 것만큼 시원하게 그 앞을 면하고 뒷마루로 나서며 숨을 한번 쉬었다.

"왜 그리 늦었소? 그래서 그 아버지를 어떻게 했소."

오라버니댁은 그동안 버선 한 짝을 다 기워 놓고 또 한 짝에 앞볼을 대이다가 경희를 보자 무릎 위에다가 놓고 바싹 가까이 앉으며 궁금하던 이야기 끝을 재우쳐 묻는다. 경희의 눈살은 찌푸려졌다. 두 뺨이 실쭉해졌다. 시월이는 빨래를 개키다가 경희의 얼굴을 눈결에 슬쩍 보고 눈치를 채었다.

"작은아씨, 서문안댁 마님이 또 시집 말씀을 하시지요?"

아침에 경희가 할머니가 다녀가신 뒤에 마루에서 혼잣말로 "시집을 갈 때 가더라도 하도 여러 번 들으니까 인제 도무지 싫어 죽겠다." 하던 말을 시월이가 부엌에서 들었다. 지금도 자세히는 들리지 않으나 그런 말을 하는 것 같았다. 그래서 작은아씨의 얼굴이 저렇게 불량하거나 하였다. 경희는 웃었다. 그리고 바느질을 붙들며 이야기 끝을 연속한다.

안마루에서는 여전히 두 마님이 서로 술도 전하며 담배도 잡수면서 경희의 말을 한다.

"애기가 바느질을 다 해요?"

"네, 바느질도 곧잘 해요. 남정의 옷옷은 못하지만 제 옷은 꿰매어 입지요."

"아이구 저런, 어느 틈에 바느질을 다 배웠어요. 양복 속적삼을 다 해요. 학생도 바느질을 다 하나요."

이 마님은 과연 여학생은 바늘을 쥘 줄도 모르는 줄 알았다. 더구나 경희와 같이 서울로 일본으로 쏘다니며 공부한다하고 덜렁하고 똑 사내 같은 학생이 제 옷을 꿰매어 입는다는 말에 놀랐다. 그러나 역시 속으로는 그 바느질 꼴이 오죽할까하였다. 김 부인은 딸의 칭찬 같으나 묻는 말에 마지 못하여대답한다.

"어디 바느질이나 제법 앉아서 배울 새나 있나요. 그래도차차 철이 나면 자연히 의사가 나나 보아요. 가르치지 아니해도 저절로 꿰매게 되더구면요. 어려운 공부를 하면 의사가 틔우나 보아요."

김 부인은 말끝을 끊었다가 다시 말을 한다. 이 마님 귀에는 똑 거짓말 같다.

"양복 속적삼은 작년 여름에 남대문 밖에서 일녀(日女)가 와서 가르치던 재봉틀 바느질 강습소(講習所)에를 날마다 다니며 배웠지요. 제 조카들의 양복도 해서 입히고 모자도 해서씌우고 또 제 오라비 여름 양복까지 했어요. 일어(日語)를 아니까 선생하고 친하게 되어서 다른 사람에게는 가르쳐주지않는 것까지 다 가르쳐주더래요. 낮에는 배워 가지고 와서는 밤이면 똑 열두 시, 새로 한 시까지 앉아서 배운 것을 보고 그대로 그리고 모두 치수를 적고 했어요. 나는 그게 무엇인가 하였더니 나중에 재봉틀 회사 감독이 와서 그러는데 '이제까지 일어로만 한 것이어서 부인네들 가르치기에 불편하더니 따님이 만든 책으로 퍽 유익하게 쓰겠습니다.' 하는 말에 그런 것인 줄 알았어요. 좀 가르치면 어디든지 그렇게 쓸 데가 있더구먼요. 그뿐 아니라 그 점잖은 일본 사람들에게도 어찌 존대를 받는지 몰라요. 그 애가 왔단 말을 어디서 들었는지 감독이 일부러 일전에 또 찾아왔어요. 일본서 졸업하고는 기어이 자기 회사의 일을 보아달라고 하더래요. 처음에는 월급 일천오백 냥은 쉽대요. 차차 오르면 삼 년 안에 이천오백 냥을 받는다는대요. 다른 여자는 제일 많은 것이 칠백쉰 냥이라는데 아마 그 애는 일본까지 가서 공부한 까닭인가보아요. 저것도 그 애가 재봉틀에 한 것입니다."

하며 맞은편 벽에 유리에 늘어 걸어 놓은, 앞에 물이 흐르고 뒤에 나무가 총총한 촌(村) 경치를 턱으로 가리킨다. 경희의 어머니는 결코 여기까지 딸의 말을 하려고 한 것이 아니었다. 한 것이 자연 월급 말까지 하게 된 것은 부지중에 여기까지 말하였다. 김 부인은 다른 부인네들보다 더구나 이 사돈 마님보다는 훨씬 개명(開明)을 한 부인이다. 근본 성품도 결코 남의 흉을 보는 부인은 아니었고 혹 부인네들이 모여 여학생들의 못된 점을 꺼내어 흉을 보든지 하면 그렇지 않다고까지 반대를 한 적도 많으니 이것은 대개 자기 딸 경희를 몹시 기특히 아는 까닭으로 여학생은 바느질을 못한다든가, 빨래를 아니 한다든가, 살림살이를 할 줄 모른다든가 하는 말이 모두 일부러 흉을 만들어 말하거니 했다. 그러나 공부해서 무엇하는지 왜 경희가 일본까지 가서 공부를 하는지 졸업을 하면 무엇에 쓰는지는 역시 김 부인도 다른 부인과 같이 몰랐다. 혹 여러 부인이 모여서 "따님은 그렇게 공부를 시켜서 무엇하나요?" 질문을 하면

"누가 아나요, 이 세상에는 계집애라도 배워야 한다니까요."

이렇게 자기 아들에게 늘 들어 오던 말로 어물어물 대답을 할 뿐이었다. 김 부인은 과연 알았다. 공부를 많이 할수록 존대를 받고 월급도 많이 받는 것을 알았다. 그렇게 번질한 양복을 입고 금시곗줄을 늘인 점잖은 감독이 조그마한 여자를 일부러 찾아와서 절을 수없이 하는 것이라든지, 종일 한 달 삼십 일을 악을 쓰고 속을 태우는 보통학교 교사는 많아야 육백 스무 냥이고 보통 오백 냥인데 "천천히 놀면서 일 년에 병풍 두 짝만이라도 잘만 놓아주시면 월급을 꼭 사십 원씩은 드리지요." 하는 말에 김 부인은 과연 공부라는 것은 꼭 해야 할 것이고, 하면 조금 하는 것보다 일본까지 보내서 시켜야만 할 것을 알았다. 그러고 어느 날 저녁에 경희가 "공부를 하면 많이 해야겠어요. 그래야 남에게 존대를 받을 뿐 아니라 저도 사람 노릇을 할 것 같아요." 하던 말이 아마 이래서 그랬던가보다 하였다. 김 부인은 이제부터는 의심 없이 확실히 자기 아들이

경희를 왜 일본까지 보내라고 애를 쓰던 것, 지금 세상에는 여자도 남자와 같이 많이 가르쳐야 할 것을 알았다. 그래서 김 부인은 이제까지 누가 "따님은 공부를 그렇게 시켜 무엇합니까?" 물으면 등에서 땀이 흐르고 얼굴이 벌겋게 취해지며 이럴 때마다 아들만 없으면 곧이라도 데려다가 시집을 보내고 싶은 생각도 많았었으나 지금 생각하니 아들이 뒤에 있어서 자기 부부가 경희를 데려다 시집을 보내지 못하게 한 것이 다행하게 생각된다. 그러고 지금부터는 누가 묻든지 간에 여자도 공부를 시켜야 의사가 나서 가르치지 아니한 바느질도 할 줄 알고 일본까지 보내어 공부를 많이 시켜야 존대를 받을 것을 분명히 설명까지라도 할 것 같다. 그래서 오늘도 사돈 마님 앞에서 부지중 여기까지 말을 하는 김 부인의 태도는 조금도 주저하는 빛도 없고 그 얼굴에는 기쁨이 가득하고 그 눈에는 '나는 이러한 영광을 누리고 이러한 재미를 본다.' 하는 표정이 가득하다.

사돈 마님은 반신반의로 어떻든 끝까지 들었다. 처음에는 물론 거짓말로 들을 뿐만 아니라, 속으로 '너는 아마 큰 계집애를 버려 놓고 인제 시집보낼 것이 걱정이니까 저렇게 없는 칭찬을 하나 보구나.' 하며 이야기하는 김 부인의 눈이며 입을 노려보고 앉았다. 그러나 이야기가 점점 길어 갈수록 그럴듯하다. 더구나 감독이 왔더란 말이며, 존대를 하더란 것이며, 사내도 여간한 군주사쯤은 바랄 수도 없는 월급을 이천 냥까지 주겠더란 말을 들을 때는 설마 저렇게까지 거짓말을 할까 하는 생각이 난다. 사돈 마님은 아직도 참말로는 알고 싶지 않으나 어쩐지 김 부인의 말이 거짓말 같지는 아니하다. 또 벽에 걸린 수(繡)도 확실히 자기 눈으로 볼 뿐 아니라 쉴새 없이 바퀴 구르는 재봉틀 소리가 당장 자기 귀에 들린다. 마님 마음은 도무지 이상하다. 무슨 큰 실패나 한 것도 같다. 양심은 스스로 자복(自服)하였다. '내가 여학생을 잘못 알아왔다. 정말 이 집 딸과 같이 계집애도 공부를 시켜야겠다. 어서 우리 집에 가서 내외시키던 손녀딸들을 내일부터 학교에 보내야겠다.'고 꼭 결심을 했다. 눈앞이 아물아물해오고 귀가 쩡한다. 아무 말 없이 눈만 껌뻑껌뻑하고 앉았다. 뒤꼍으로 불어 들어오는 시원한 바람 중에는 젊은 웃음소리가 사기접시를 깨뜨릴 만치 재미스럽게 싸여 들어온다.

2

"이 더운데 작은아씨, 무얼 그렇게 하십니까?"

마루 끝에 떡 함지를 힘없이 놓으며 땀을 씻는다. 얼굴은 억죽억죽 얽고 머리는 평양 머리를 해서 얹고 알록달록한 면주 수건을 아무렇게나 쓴 나이가 한 사십가량 된 떡 장사는 으레 하루에 한 번씩 이 집을 들른다.

"심심하니까 장난 좀 하오."

경희는 앞치마를 치고 마루 끝에 서서 서투른 칼질로 파를

187

썬다.

"어느 틈에 김치 담그는 것을 다 배우셨어요. 날마다 다니며 보아야 작은아씨는 도무지 노시는 것을 못 보았습니다. 책을 보시지 않으면 글씨를 쓰시고 바느질을 아니하시면 저렇게 김치를 담그시고……."

"여편네가 여편네 할 일을 하는 것이 무엇이 그리 신통할 것 있소."

"작은아씨 같은 이나 그렇지 어느 여학생이 그렇게 마음을 먹는 이가 있나요."

떡장수는 무릎을 치며 경희의 앞으로 바싹 앉는다. 경희는 빙긋이 웃는다.

"그건 떡장수가 잘못 안 것이지. 여학생은 사람 아니오? 여학생도 옷을 입어야 살고 음식을 먹어야 살 것 아니오?"

"아이구, 그러게 말이지요. 누가 아니래요. 그러나 작은아씨같이 그렇게 아는 여학생이 어디 있어요?"

"칭찬 많이 받았으니 떡이나 한 스무 냥어치 살까!"

"아이구 어멈을 저렇게 아시네. 떡 팔아먹으려고 그런 것은 아니에요."

번덕이 뒤룩뒤룩한 두 뺨의 살이 축 처진다. 그리고 너는 나를 잘못 아는구나 하는 원망으로 두둑한 입술이 삐죽한다. 경희는 곁눈으로 보았다. 그 마음을 짐작하였다.

"아니오, 부러 그랬지. 칭찬을 받으니까 좋아서……."

Le Maquis de Montmartre
1948

"아니에요. 칭찬이 아니라 정말이에요."

다시 정다이 바싹 앉으며 "허허……." 너털웃음을 한판 내쉰다.

"정말 몇 해를 두고 날마다 다니며 보아야 작은아씨처럼 낮잠 한 번도 주무시지 않고 꼭 무엇을 하시는 아씨는 처음 보았어요."

"떡장수 오기 전에 자고 떡장수가 가면 또 자는 걸 보지를 못하였지."

"또 저렇게 우스운 말씀을 하시네. 떡장수가 아무 때나 아침에도 다녀가고 낮에도 다녀가고 저녁때도 다녀가지 학교에 다니는 학생같이 시간을 맞춰서 다니나요! 응? 그렇지 않소."

하며 툇마루에서 맷돌에 풀 갈고 있는 시월이를 본다. 시월이는,

"그래요. 어디가 아프시기 전에는 한 번도 낮잠 주무시는 일 없어요."

"여보, 떡장수 떡이 다 쉬면 어찌하려고 이렇게 한가히 앉아서 이야기를 하오."

"아니 관계치 않아요."

떡장수의 말소리는 아무 힘이 없다. 떡장수는 이 작은아씨가 "그래서 어쨌소." 하며 받아만 주면 이야기할 것이 많았다. 저의 집 떡방아 찧던 일꾼에게서 들은, 요새 신문에 어느 여학생이 학교 간다고 나가서는 며칠 아니 들어오는 고로 수색을

해보니까 어느 사내에게 꾀임을 받아서 첩이 되었더란 말이며, 어느 집에는 며느리로 여학생을 얻어 왔더니 버선 깁는 데 올도 찾을 줄 몰라 삐뚜로 되었더란 말, 밥을 하였는데 반은 태웠더란 말, 날마다 사방으로 쏘다니며 평균 한 마디씩 들어온 여학생의 험담을 하려면 부지기수이었다. 그래서 이렇게 신이 나서 무릎을 치고 바싹 들어앉았으나, 경희의 말대답이 너무 냉정하고 점잖으므로 떡장수의 속에서 뻗쳐오르던 것이 어느덧 거품 꺼지듯 꺼졌다. 떡장수의 마음은 무엇을 잃은 것같이 공연히 서운하다. 떡바구니를 들고 일어설까 말까 하나 어쩐지 딱 일어설 수도 없다. 그래서 떡바구니를 두 손으로 누른 채로 앉아서 모른 체하고 칼질하는 경희의 모양을 아래위로 훑어도 보고 마루를 보며 선반 위에 얹은 소반의 수효도 세어보고 정신없이 얼빠진 것같이 앉았다.

"흰떡 댓 냥어치하고 개피떡 두 냥 반어치만 내놓게."

김 부인은 고운 돗자리 위에서 부채질을 하면서 드러누웠다가 딸 경희가 좋아하는 개피떡하고 아들이 잘 먹는 흰떡을 내놓으라 하고 주머니에서 돈을 꺼낸다. 떡장수는 멀거니 앉았다가 깜짝 놀라 내놓으라는 떡 수효를 되풀이해 세어서 내놓고는 뒤도 돌아보지를 않고 떡바구니를 이고 나가다가 다시 이 댁을 오지 못하면 떡을 못 팔게 될 생각을 하고 "작은아씨, 내일 또 와요. 허허허." 하며 대문을 나서서는 큰 숨을 쉬었다. 생삼팔(生三八) 두루마기 고름을 달고 앉았던 경희의 오

라버니댁이며 경희며 시월이며 서로 얼굴들을 치어다보며 말
없이 씽긋씽긋 웃는다. 경희는 속으로 기뻐한다. 무엇을 얻은
것 같다. 떡장수가 다시는 남의 흉을 보지 아니하리라 생각할
때에 큰 교육을 한 것도 같다. 경희는 칼자루를 들고 앉아서
무슨 생각을 곰곰이 한다.

"참 애기는 못할 것이 없다."

얼굴에 수색(愁色)이 가득하여 시름없이 두 손가락을 마주
잡고 앉았다가 간단히 이 말을 하고는 다시 입을 꾹 다물며 한
숨을 산이 꺼지도록 쉬는 한 여인에게는 아무도 모르는 큰 걱
정과 설움이 있는 것 같다. 이 여인은 근 이십 년 동안이나 이
집과 친하게 다니는 여인이라, 경희의 형제들은 아주머니라
하고 이 여인은 경희의 형제를 자기의 친조카들같이 귀애(貴
愛)한다. 그래서 심심하여도 이 집으로 오고 속이 상할 때에도
이 집으로 와서 웃고 간다. 그런데 이 여인의 얼굴은 항상 구
름이 끼이고 좋은 일을 보든지 즐거운 일을 당하든지 끝에는
반드시 휘 한숨을 쉬는 쌓이고 쌓인 설움의 원인을 알고 보면
누구라도 동정을 아니할 수 없다.

이 여인은 소년(少年) 과부라 남편을 잃은 후로 애절복통을
하다가 다만 재미를 붙이고 낙(樂)을 삼는 것은 천행만행(千行
萬行)으로 얻은 유복자 수남(壽男)이 있음이라. 하루 지나면 수
남이도 조금 크고 한 해 지나면 수남이가 한 살이 는다. 겨울
이면 추울까, 여름이면 더울까, 밤에 자다가도 곤히 자는 수남

의 투덕투덕한 볼기짝을 몇 번씩 뚜덕뚜덕하던 세상에 둘도 없는 귀한 아들은 어느덧 나이 십륙 세에 이르러 사방에서 혼인하자는 말이 끊일 새 없었다. 수남의 어머니는 새로이 며느리를 얻어 혼자 재미를 볼 것이며 남편도 없이 혼자 폐백 받을 생각을 하다가 자리 속에서 눈물도 많이 흘렸다. 그러나 행여 이렇게 눈물을 흘려 귀중한 아들에게 사위스러울까 보아 할 수 있는 대로는 슬픔을 기쁨으로 돌려 생각하고 눈물을 웃음으로 이루려 하였다. 그래서 알뜰살뜰히 돈이며 패물 등속을 며느리 얻으면 주려고 모았다. 유일무이(唯一無二)의 아들을 장가들이는 데는 꺼리는 것도 많고 보는 것도 많았다. 그래 며느리 선을 시어머니가 보면 아들이 가난하게 산다고 하는 고로 수남이 어머니는 일체 중매에게 맡기고 궁합이 맞는 것으로만 혼인을 정하였다. 새 며느리를 얻고 아들과 며느리 사이에 옥 같은 손녀며 금 같은 손자를 보아 집안이 떠들썩하고 재미가 퍼부을 것을 날마다 상상하며 기다리던 며느리는 과연 오늘의 이 한숨을 쉬게 하는 원수다. 열일곱에 시집온 후로 팔 년이 되도록 시어머니 저고리 하나도 꿰매어서 정다이 드려 보지 못한 철천지한을 시어머니 가슴에 안겨 준 이 며느리라. 수남의 어머니는 본래 성품이 순하고 딕스러우므로 아무쪼록 이 며느리를 잘 가르치고 잘 만들려고 애도 무한히 쓰고 남 모르게 복장도 많이 쳤다. 이러면 나을까 저렇게 하면 사람이 될까 하여 혼자 궁구(窮究)도 많이 하고 타이르고 가르치기도 수없이 하였으나 어제가 오늘 같고 내일도 일반이라. 바늘을 쥐어주면 곧 졸고 앉았고, 밥을 하라면 죽은 쑤어 놓으나 거기다가 나이가 먹어 갈수록 마음만 엉뚱해 가는 것은 더구나 사람을 기가 막히게 한다. 이러하니 때로 속이 상하고 날로 기가 막히는 수남의 어머니는 이 집에 올 때마다 이 집 며느리가 시어머니 저고리를 얌전히 하는 것을 보면 나는 이 며느리 손에 저렇게 저고리 하나도 얻어 입어보지 못하나 하며 한숨이 나오고, 경희의 부지런한 것을 볼 때에 나는 왜 저런 민첩한 며느리를 얻지 못하였는가 하며 한숨을 쉬는 것은 자연한 인정이리라. 그러므로 이렇게 멀거니 앉아서 경희의 김치 담그는 양을 보며 또 떡장수가 한참 떠들고 간 뒤에 간단한 이 말을 하는 끝에 한숨을 쉬는 그 얼굴은 차마 볼 수가 없다. 머리를 숙이고 골몰히 칼질하던 경희는 이미 이 아주머니의 설움의 원인을 아는 터이라 그 한숨 소리가 들리자 온몸이 찌르르하도록 동정이 간다. 경희는 이 자극을 받는 동시에 이와 같이 조선(朝鮮) 안에 여러 불행한 가정의 형편이 방금 제 눈앞에 보이는 것 같았다. 힘있게 칼자루로 도마를 탁 치는 경희는 무슨 큰 결심이나 하는 것 같다. 경희는 굳게 맹세하였다. '내가 가질 가정은 결코 그런 가정이 아니다. 나뿐 아니라 내 자손 내 친구 내 문인(門人)들이 만들 가정도 결코 이렇게 불행하게 하지 않는다. 오냐, 내가 꼭 한다.' 하였다. 경희는 껑충 뛴다. 안부엌에서 땀을 뻘뻘 흘리며 풀 쑤는 시월이

Le Moulin de la Galette et le Sacré-Coeur

를 따라간다.

"애, 나하고 하자. 부뚜막에 올라앉아서 풀 막대로 저으랴? 아궁이 앞에 앉아서 때랴? 어떤 것을 하였으면 좋겠니? 너 하라는 대로 할 터이니. 두 가지를 다 할 줄 안다."

"아이구, 고만 두셔요, 더운데."

시월이는 더운데 혼자 풀을 저으면서 불을 때느라고 끙끙하던 중이다.

"아이구, 이년의 팔자." 한탄을 하며 눈을 멀거니 뜨고 밀짚을 끌어 때고 앉았던 때라, 작은아씨의 이 말 한마디는 더운 중에 바람 같고 괴로움에 웃음이다. 시월이는 속으로 '저녁 진지에는 작은아씨의 즐기시는 옥수수를 어디 가서 맛있는 것을 얻어다가 쪄서 드려야겠다.' 하였다. 마지 못하여,

"그러면 불을 때셔요. 제가 풀을 저을 것이니……."

"그래, 어려운 것은 오랫동안 졸업한 네가 해라."

경희는 불을 때고 시월이는 풀을 젓는다. 위에서는 푸푸, 부글부글하는 소리, 아래에서는 밀짚의 탁탁 튀는 소리, 마치 경희가 도쿄 음악 학교 연주회석에서 듣던 관현악 연주 소리 같기도 하다. 또 아궁이 저 속에서 밀짚 끝에 불이 댕기며 점점 불빛이 강하게 번지는 동시에 차차 아궁이까지 가까워지자 또 점점 불꽃이 약해져 가는 것은 마치 피아노 저 끝에서 이 끝까지 칠 때에 붕붕하던 것이 점점 땡땡하도록 되는 음률과 같아 보인다. 열심히 젓고 앉은 시월이는 이러한 재미스러

운 것을 모르겠구나 하고 제 생각을 하다가 저는 조금이라도 이 묘한 미감(美感)을 느낄 줄 아는 것이 얼마큼 행복하다고도 생각하였다. 그러나 저보다 수십 배, 수백 배 묘한 미감을 느끼는 자가 있으려니 생각할 때에 제 눈을 빼어버리고도 싶고 제 머리를 뚜드려 바치고도 싶다. 뻘건 불꽃이 별안간 파란빛으로 변한다. 아, 이것도 사람인가, 밥이 아깝다 하였다. 경희는 부지중 "재미도 스럽다." 하였다.

"대체 작은아씨는 별것도 다 재미있다고 하십니다. 빨래하면 땟국물 흐르는 것도 재미있다고 하시고 마루 걸레질을 치시면 아직 안 친 한편 쪽 마루의 뿌연 것이 보기 재미있다 하시고, 마당을 쓸면 티끌 많아지는 것이 재미있다고 하시고, 나중에는 무엇까지 재미있다고 하실는지, 뒷간에 구더기 끓는 것은 재미있지 않으셔요?"

경희는 속으로 '오냐, 물론 그것까지 재미있게 보여야 할 것이다. 그러나 내 눈은 언제나 그렇게 밝아지고 내 머리는 어느 때나 거기까지 발달될는지 불쌍하고 한심스럽다.' 하였다.

"애, 그런데 말끝이 나왔으니까 말이다, 빨래 언제 하니?"

"왜요? 모레는 해야겠어요."

"그러면 저녁때 늦지?"

"아마 늦을걸요."

"일찍 끝이 나더라도 개천에 게 살아라. 그러면 건넌방 아씨하고 저녁 해 놓을 터이니 늦게 돌아와서 잡수어라. 내 손

197

으로 한 밥맛이 어떤가 보아라. 히히히."

시월이도 같이 웃는다. 어쩌면 사람이 저렇게 인정스러운가 한다. '누가 나 먹으라고 단 참외나 주었으면, 저 작은아씨 갖다 드리게.' 속으로 혼잣말을 한다. 과연 시월이는 이렇게 고마운 소리를 들을 때마다 황송스러워 어찌할 수가 없다. 그래서 입이 있으나 어떻게 말할 줄도 모르고 다만 작은아씨가 잘 먹는 과실은 아는지라, 제게 돈이 있으면 사다가라도 드리고 싶으나 돈은 없으므로 사지는 못하되 틈틈이 어디 가서 옥수수며 살구는 곧잘 구해다가 드렸다. 이렇게 경희와 시월이 사이는 사이가 좋을 뿐 아니라 이번에 경희가 일본서 올 때에 시월의 자식 점동(點童)이에게는 큰댁 애기네들보다 더 좋은 장난감을 사다가 준 것은 뼈가 녹기 전까지는 잊을 수가 없다.

"얘, 그런데 너와 일할 것이 꼭 하나 있다."

"무엇이에요?"

"글쎄 무엇이든지 내가 하자면 하겠니?"

"아무럼요, 하지요!"

"너, 왜 그렇게 우물덮개를 더럽게 해놓니. 도무지 더러워서 볼 수가 없다. 그러니 내일부터 바느질 뒤에는 꼭 날마나 나하고 우물덮개를 치우자. 너 혼자만 하라는 것은 아니다. 그렇게 하겠니?"

"네, 제가 혼자 날마다 치우지요."

"아니 나하고 같이해……. 재미스럽게 하하하."

"또 재미요? 하하하하."

부엌이 떠들썩하다. 안마루에서 들으시던 경희 어머니는 '또 웃음이 시작되었군.' 하신다.

"아이 무엇이 그리 우순지 그 애가 오면 밤낮 셋이 몰켜다니며 웃는 소리에 도무지 산란해 못 견디겠어요. 젊었을 때는 말똥 구르는 것이 다 우습다더니 그야말로 그런가 보아요."

수남 어머니에게 말을 한다.

"웃는 것밖에 좋은 일이 어디 있습니까. 댁에를 오면 산 것 같습니다."

수남 어머니는 또 휘…… 한숨을 쉰다. 마루에 혼자 떨어져 바느질하던 건넌방 색시는 웃음소리가 들리자 한 발에 신을 신고 한 발에 짚신을 끌며 부엌 문지방을 들어서며, "무슨 이야기요? 나도……." 한다.

3

"마누라, 주무시오?"

이철원(李鐵原)은 사랑에서 들어와 안방 문을 열고 경희와 김 부인 자는 모기장 속으로 들어선다. 김 부인은 깜짝 놀라 일어나 앉는다.

"왜 그러서요, 어디가 편치 않으서요?"

"아니, 공연히 잠이 아니 와서……."

"왜요?"

이때에 마루 벽에 걸린 자명종은 한 번을 땡 친다.

"드러누워서 곰곰 생각을 하다가 마누라하고 의논을 하러 들어왔소!"

"무얼이오?"

"경희 혼인 일 말이오. 도무지 걱정이 되어 잠이 와야지."

"나 역시 그래요."

"이번 혼처는 꼭 놓치지를 말고 해야지 그만한 곳 없소. 그 신랑 아버지되는 자하고 난 전부터 익숙히 아는 터이니까 다시 알아볼 것도 없고, 당자(當者)도 그만하면 쓰지 별아이 어디 있나. 장자이니까 그 많은 재산 다 상속될 터이고 또 경희는 그런 대갓집 맏며릿감이지……."

"글쎄, 나도 그만한 혼처가 없는 줄 알지마는 제가 그렇게 열 길이나 뛰고 싫다는 것을 어떻게 한단 말이오. 그렇게 싫다고 하는 것을 억제(抑制)로 보내었다가 나중에 불길한 일이나 있으면 자식이라도 그 원망을 어떻게 듣잔 말이오……."

"아……니, 불길할 일이 있을 까닭이 있나. 인품이 그만하겠다, 추수를 수천 석 하겠다, 그만하면 고만이지 그러면 어떻게 하잔 말이요. 계집애가 열아홉 살이 적소?"

김 부인은 잠잠히 있다. 이철원은 혀를 톡톡 차며 후회를 한다.

"내가 잘못이지, 계집애를 일본까지 보내다니 계집애가 시집가기를 싫다니 그런 망측한 일이 어디 있어. 남이 알까 보아 무섭지. 벌써 적합한 혼처를 몇 군데를 놓쳤으니 어떻게 하잔 말이야. 아이……."

"그러면 혼인을 언제로 하잔 말이오?"

"저만 대답하면 지금이라도 곧 하지. 오늘도 재촉 편지가 왔는데……. 이왕 계집애라도 그만치 가르쳐 놓았으니까 옛날처럼 부모끼리로 할 수는 없고 해서 벌써 사흘째 불러다가 타이르나 도무지 말을 들어먹어야지. 계집년이 되지 못한 고집은 왜 그리 시운지(센지) 신랑 삼촌은 기어이 조카며느리를 삼아야겠다고 몇 번을 그러는지 모르는데……."

"그래 무엇이라고 대답하셨소?"

"글쎄, 남이 부끄럽게 계집애더러 물어본다나 무엇이라나. 그러지 않아도 큰 계집애를 일본까지 보냈으니 어떠니 하고 욕들을 하는데. 그래서 생각해본다고 했지."

"그러면 거기서는 기다리겠소, 그래?"

"암, 그게 벌써 올 정월부터 말이 있던 것인데 동넷집 시악시 믿고 장가 못 간다더니……."

"아이, 그러면 속히 좌우간 결정을 내야겠는데 어떻게 하나. 저는 기어이 하던 공부를 마치기 전에는 죽어도 시집은 아니 가겠다 하는데. 그리고 더구나 그런 부잣집에 가서 치맛자락 늘이고 싶은 마음은 꿈에도 없다고 한다오. 그래서 제 동생 시집갈 때도 제 것으로 해 놓은 고운 옷은 모두 주었습니다. 비단치마 속에 근심과 설움이 있느니라고 한다오. 그 말도 옳긴 옳아."

김 부인은 자기도 남부럽지 않게 이제껏 부귀하게 살아왔으나 자기 남편이 젊었을 때 방탕하여서 속이 상하던 일과 철원(鐵原) 군수(郡守)로 갔을 때도 첩이 두셋씩 되어 남몰래 속이 썩던 생각을 하고 경희가 이런 말을 할 때마다 말은 아니하나 속으로 딴은 네 말이 옳다 한 적이 많았다.

"아이 아니꼬운 년, 그러기에 계집애를 가르치면 건방져서 못 쓴다는 말이야……. 아직 철을 몰라서 그렇지……. 글쎄 그것도 그렇지 않소. 오죽한 집에서 혼인을 거꾸로 한단 말이오. 오죽 형이 못나야 아우가 먼저 시집을 가더란 말이오. 김 판사 집도 우리 집 내용을 다 아는 터이니까 혼인도 하자지 누가 거꾸로 혼인한 집 시악시를 데려가려겠소. 아니, 이번에는 꼭 해야지……."

부인의 말을 들으며 그럴듯하게 생각하던 이철원은 이 거꾸로 혼인한 생각을 하니 마음이 급작히 좁아진다. 그리고 생각할수록 이번 김 판사집 혼처를 놓치면 다시는 그런 문벌 있고 재산 있는 혼처를 얻을 수가 없는 것 같다. 그래서 두말할 것 없이 이번 혼인은 강제로라도 시킬 결심이 일어난다. 이철원은 벌떡 일어선다.

"계집애가 공부는 그렇게 해서 무엇해? 그만치 알았으면 그만이지. 일본은 누가 또 보내기는 하구? 이번에는 무관(無關)내지. 기어이 그 혼처하고 해야지. 내일 또 한번 불러다가 아

Moulin de la Galette, Montmartre
1926

니 듣거든 또 물을 것 없이 곧 해버려야지……."

노기(怒氣)가 가득하다. 김 부인은 "그렇게 하시오."라든지, "마시오."라든지 무엇이라고 대답할 수가 없다. 다만 시름없이 자기가 풍병(風病)으로 누울 때마다 경희를 시집보내기 전에 돌아갈까 보아 아슬아슬하던 생각을 하며, "딴은 하나 남은 경희를 마저 내 생전에 시집을 보내 놓아야 내가 죽어도 눈을 감겠는데." 할 뿐이다.

이철원은 일어서다가 다시 앉으며 나직한 소리로 묻는다.

"그런데 일본 보내서 버리지는 않은 모양이오?"

"아니오. 그전보다 더 부지런해졌어요. 아침이면 제일 먼저 일어납니다. 그래서 마루 걸레질이며 마당이며 멀겋게 치워 놓지요. 그뿐인가요. 떡하면 떡방아 다 찧도록 체질해주기……. 그러게 시월이는 좋아서 죽겠다지요……."

김 부인은 과연 경희가 일하는 것을 볼 때마다 큰 안심을 점점 찾았다. 그것은 경희를 일본 보낸 후로는 남들이 비난할 때마다 입으로는 말을 아니하나 항상 마음으로 염려되는 것은 경희가 만일에 일본까지 공부를 갔다고 난 체를 한다든지 공부한 위세로 사내같이 앉아서 먹자든지 하면 그 꼴을 어떻게 남이 부끄러워 보잔 말인고 하고 미상불 걱정이 된 것은 어머니된 자의 딸을 사랑하는 자연한 정(情)이라. 경희가 일본서 오던 그 이튿날부터 앞치마를 치고 부엌으로 들어갈 때 오래간만에 쉬러 온 딸이라 말리기는 하였으나 속으로는 큰 숨을

204

쉴 만치 안심을 얻은 것이다.

경희 가족은 누구나 다 아는 바와 같이 경희의 마루 걸레질, 다락, 벽장 치움새는 전부터 유명하였다. 그래서 경희가 서울 학교에 있을 때 일 년에 세 번씩 휴가에 오면 으레 다락 벽장이 속속까지 목욕을 하게 되었다. 또 김 부인의 마음에도 경희가 치우지 않으면 아니 맞도록 되었다. 그래서 다락이 지저분하다든지 벽장이 어수선하게 되면 벌써 경희가 올 날이 며칠 아니 남은 것을 안다. 그리고 경희가 집에 온 그 이튿날은 경희를 보러 오는 사촌 형님들이며 할머니, 큰어머니는 한 번씩 열어보고 "다락 벽장이 분(粉)을 발랐고나." 하시고 "깨끗하기도 하다." 하시며 칭찬을 하시었다. 이것이 경희가 집에 가는 그 전날 밤부터 기뻐하는 것이고 경희가 집에 온 제일의 표적이었다.

김 부인은 이번에 경희가 일본서 오면 연년(年年) 세 번씩 목욕을 시켜주던 다락 벽장도 치워주지 아니할 줄만 알았다. 그러나 경희는 여전히 집에 도착하면서 부모님에게 인사 여쭙고는 첫 번으로 다락 벽장을 열었다. 그리고 그 이튿날 종일 치웠다.

그런데 이번 경희의 소제(掃除) 방법은 전과는 전혀 다르다. 전에 경희의 소제 방법은 기계적이었다. 동쪽에 놓았던 제기며 서쪽 벽에 걸린 표주박을 쓸고 문질러서는 그 놓았던 자리에 그대로 놓을 줄만 알았다. 그래서 있던 거미줄만 없고 쌓였던 먼지만 털면 이것이 소제인 줄만 알았다. 그러나 이번 소제 방법은 다르다. 건조적(建造的)이고 응용적이다. 가정학에서 배운 질서, 위생학에서 배운 정리, 또 도화(圖畵) 시간에 배운 색과 색의 조화, 음악 시간에 배운 장단의 음률을 이용하여, 지금까지의 위치를 전혀 뜯어고치게 된다. 자기(磁器)를 도기(陶器) 옆에다도 놓아 보고 칠첩 반상을 칠기에도 담아 본다. 주발 밑에는 주발보다 큰 사발을 받쳐도 본다. 흰 은쟁반 위로 노르스름한 전골 방아치도 늘어본다. 큰 항아리 다음에는 병(甁)을 놓는다. 그리고 전에는 컴컴한 다락 속에서 먼지 냄새에 눈살도 찌푸렸을 뿐 아니라 종일 땀을 흘리고 소제하는 것은 가족에게 들을 칭찬의 보수를 받으려 함이었다. 그러나 이번에는 이것도 다르다. 경희는 컴컴한 속에서 제 몸이 이리저리 운동케 하는 것이 여간 재미스럽게 생각지 않았다. 일부러 빗자루를 놓고 쥐똥을 집어 냄새도 맡아 보았다. 그리고 경희가 종일 일하는 것은 아무 바라는 보수도 없었다. 다만 제가 저 할 일을 하는 것밖에 아무것도 없다.

이렇게 경희의 일동일정(一動一靜)의 내막에는 자각이 생기고 의식적으로 되는 동시에 외형으로 활동할 일은 때로 많아진다. 그래서 경희는 할 일이 많다. 만일 경희의 친한 동무가 있어서 경희의 할 일 중에 하나라도 해준다면 비록 그 물건이 경희의 손에 있다 하더라도 그것은 경희의 것이 아니라 동무의 것이다. 이러므로 경희가 좋은 것을 갖고 싶고 남보다 많이 갖고 싶을진대 경희의 힘으로 능히 할 만한 일은 행여나 털 끝만한 일이라도 남더러 해달라고 할 것이 아니다. 조금이라도 남에게 빼앗길 것이 아니다. 아아, 다행이다. 경희의 넓적다리에는 살이 쪘고 팔뚝은 굵다. 경희는 이 살이 다 빠져서 걸을 수가 없을 때까지 팔뚝의 힘이 없어 늘어질 때까지 할 일이 무한이다. 경희가 가질 물건도 무수하다. 그러므로 낮잠을 한 번 자고 나면 그 시간 자리가 완연히 턱이 난다. 종일 일을 하고 나면 경희는 반드시 조금씩 자라난다. 경희가 갖는 것은 하나씩 늘어간다. 경희는 이렇게 아침부터 저녁까지 얻기 위하여 자라 갈 욕심으로 제 힘껏 일을 한다.

이철원도 자기 딸이 일하는 것을 날마다 본다. 또 속으로 기특하게도 여긴다. 그러나 이렇게 자기 부인에게 물어본 것은 이철원도 역시 김 부인과 같이 경희를 자기 아들의 권고에 못 이겨 일본까지 보내었으나 항상 버릴까 보아 염려되던 것은 사실이었다. 그러므로 오늘 저녁에 부부가 앉아서 혼처에 대한 걱정이라든지 그 애 버릴까 보아 염려하던 것을 안심하는 부모의 애정은 그 두 얼굴에 띠운 웃음 속에 가득하다. 아무러한 지우(知友)며 형제며 효자인들 어찌 이 부모가 염려하시는 염려, 기뻐하시는 참기쁨 같으리오. 이철원은 혼인하자고 할 곳이 없을까 보아 바짝 졸였던 마음이 조금 누그러졌다. 그러나 마루로 내려서며 마른기침 한 번을 하며 "내일은 세상 없어도 하여야지." 하는 결심의 말은 누구의 명령을 가지고라도 깨뜨릴 수 없을 것같이 보인다.

새벽닭이 새날을 고한다. 까맣던 밤이 백색으로 활짝 열린
다. 동창(東窓)의 장지 한 편이 차차 밝아 오며 모기장 한 끝으
로부터 점점 연두색을 물들인다. 곤히 자던 경희의 눈은 뜨였
다. 경희는 또 오늘 종일의 제 일을 시작할 기쁨에 취하여 벌
떡 일어나서 방을 나선다.

4

때는 정히 오정이라 안마루에서는 점심상이 벌어졌다. 경
희는 사랑에서 들어온다. 시월이며 건넌방 형님은 간절히 점
심 먹기를 권하나 들은 체도 아니하고 골방으로 들어서며 사
방 방문을 꼭꼭 닫는다. 경희는 흑흑 느껴 운다. 방바닥에 엎
드리기도 하다가 일어 앉기도 하고 또 일어나서 벽에다 머리
를 부딪힌다. 기둥을 불끈 안고 핑핑 돈다. 경희는 어찌할 줄
몰라 쩔쩔맨다. 경희의 조그마한 가슴은 불같이 타 온다. 걸
린 수건자락으로 눈물을 씻으며 이따금 하는 말은 "아이구, 어
찌하나……." 할 뿐이다. 그리고 이 집에 있으면 밥이 없어지
고 옷이 없어질 터이니까 나를 어서 다른 집으로 쫓으려나 보
다 하는 원망도 생긴다. 마치 이 넓고 넓은 세상 위에 제 조그
마한 몸을 둘 곳이 없는 것같이도 생각난다. 이런 쓸데없고
주체스러운 것이 왜 생겨났나 할 때마다 그쳤던 눈물은 다시
비오듯 쏟아진다. 누가 와서 만일 말린다 하면 그 사람하고

208

싸움도 할 것 같다. 그리고 그 사람의 머리를 한번에 잡아 뽑을 것도 같고, 그 사람의 얼굴에서 피가 냇물과 같이 흐르도록 박박 할퀴고 쥐어뜯을 것도 같다. 이렇게 사방 창이 꼭꼭 닫힌 조그마한 어둠침침한 골방 속에서 이리 부딪고 저리 부딪는 경희의 운명은 어떠한가!

경희의 앞에는 지금 두 길이 있다. 그 길은 희미하지도 않고 또렷한 두 길이다. 한 길은 쌀이 곳간에 쌓이고 돈이 많고 귀염도 받고 사랑도 받고 밟기도 쉬운 황토(黃土)요, 가기도 쉽고 찾기도 어렵지 않은 탄탄대로이다. 그러나 한 길에는 제 팔이 아프도록 보리 방아를 찧어야 겨우 얻어먹게 되고 종일 땀을 흘리고 남의 일을 해주어야 겨우 몇 푼 돈이라도 얻어보게 된다. 이르는 곳마다 천대뿐이요, 사랑의 맛은 꿈에도 맛보지 못할 터이다. 발부리에서 피가 흐르도록 험한 돌을 밟아야 한다. 그 길은 뚝 떨어지는 절벽도 있고 날카로운 산정(山頂)도 있다. 물도 건너야 하고 언덕도 넘어야 하고 수없이 꼬부라진 길이요, 갈수록 험하고 찾기 어려운 길이다. 경희의 앞에 있는 이 두 길 중에 하나를 오늘 택해야만 하고 지금 꼭 정해야 한다. 오늘 택한 이상에는 내일 바꿀 수 없다. 지금 정한 마음이 이따가 급변할 리도 만무하다. 아아, 경희의 발은 이 두 길 중에 어느 길에 내놓아야 할까. 이것은 교사가 가르칠 것도 아니고 친구가 있어서 충고한대도 쓸데없다. 경희 제 몸이 저 갈 길을 택해야만 그것이 오래 유지할 것이고 제정신으로 한 것이라야 변경이 없을 터이다. 경희는 또 한번 머리를 부딪고 "아이구, 어찌하면 좋은가!" 한다.

경희도 여자다. 더구나 조선 사회에서 살아온 여자다. 조선 가정의 인습에 파묻힌 여자다. 여자란 온량유순해야만 쓴다는 사회의 면목(面目)이고 여자의 생명은 삼종지도(三從之道)라는 가정의 교육이다. 일어서려면 압박하려는 주위(周圍)요, 움직이면 사방에서 들어오는 욕이다. 다정하게, 손 붙잡고 충고 주는 동무의 말은 열 사람 한 입같이 "편하게 전(前)과 같이 살다가 죽읍시다." 함이다. 경희의 눈으로는 비단옷도 보고 경희의 입으로는 약식 전골도 먹었다. 아아 경희는 어느 길을 택하여야 당연한가? 어떻게 살아야만 좋은가? 마치 길가에 탄평으로 몸을 늘여 기어가던 뱀의 꽁지를 지팡이 끝으로 조금 건드리면 늘어졌던 몸이 바짝 오그라지며 눈방울이 대룩대룩하고 뾰족한 혀를 독기 있게 자주 내미는 모양같이 이러한 생각을 할 때마다 경희의 몸에 매달린 두 팔이며 늘어진 두 다리가 바짝 가슴속으로 뱃속으로 오그라들어 온다. 마치 어느 장난감 상점에 놓은 대가리와 몸뚱이뿐인 장난감같이 된다. 그리고 십삼 관(貫)의 체중이 갑자기 백지 한 장만치 되어 바람에 날리는 것 같다. 또 머리 속은 저도 알 만치 띵하고 서늘해진다. 눈도 깜짝거릴 줄 모르고 벽에 구멍이라도 뚫을 것 같다. 등에는 땀이 흠뻑 고이고 사지는 죽은 사람과 같이 차디차다.

Maurice, Utrillo, V,
Novembre 1924,

Paysage à Saint-Bernard
1924

"아이구, 어찌하면 좋은가."

경희는 벙어리가 된 것 같다. 아무 말도 할 줄 모르고 꼭 한마디 할 줄 아는 말은 이 말뿐이다.

경희는 제 몸을 만져본다. 왼편 손목을 바른편 손으로, 바른편 손목을 왼편 손으로 쥐어본다. 머리를 흔들어도 본다. 크지도 않고 조그마한 이 몸…… . 이 몸을 어떻게 서야 할까. 이 몸을 어디로 향하여야 좋은가…… . 경희는 다시 제 몸을 위에서부터 아래까지 훑어본다. 이 몸에 비단 치마를 늘이고 이 머리에 비취옥잠(翡翠玉簪)을 꽂아볼까. 대가댁 맏며느리 얼마나 위엄스러울까. 새아기 새색시 놀음이 얼마나 재미있을까? 시부모의 사랑인들 얼마나 많을까. 지금 이렇게 천둥이던 몸이 부모님에게 얼마나 귀염을 받을까. 친척인들 오죽 부러워하고 우러러볼까. 잘못하였다. 아아 잘못하였다. 왜, 아버지가 "정하자." 하실 때에 "네." 하지를 못하고 "안 돼요." 했나. 아아 왜 그랬나. 어떻게 하려고 그렇게 대답을 하였나! 그런 부귀를 왜 싫다고 했나. 그런 자리를 놓치면 나중에 어찌하잔 말인가. 아버지 말씀과 같이 고생을 몰라 그런가 보다. 철이 아니 나서 그런가 보다. "나중에 후회하리라." 하시더니 벌써 후회막급인가 보다. 아아 어찌하나. 때가 더 되기 전에 지금 사랑에 나가서 아버지 앞에 자복할까 보다. "제가 잘못 생각하였습니다." 하고. 그렇게 할까? 아니다. 그렇게 할 터이다. 그것이 적당한 길이다. 그리고 귀찮은 공부도 그만둘 터이다. 가지 마라시는 일본도 또다시 아니 가겠다. 이 길인가 보다. 이 길이 밟을 길인가 보다. 아, 그렇게 정하자. 그러나…….

"아이구, 어찌하면 좋은가……."

경희의 눈은 말똥말똥하다. 전신이 천근만근이나 되도록 무거워졌다. 머리 위에는 큰 동철(銅鐵) 투구를 들씌운 것같이 무겁다. 오그라졌던 두 팔 두 다리는 어느덧 나와서 척 늘어졌다. 도로 전신이 오그라진다. 어찌하려고 그런 대담스러운 대답을 하였나 하고. 아버지가 "계집애라는 것은 시집가서 아들딸 낳고 시부모 섬기고 남편을 공경하면 그만이니라." 하실 때에 "그것은 옛날 말이에요. 지금은 계집애도 사람이라 해요, 사람인 이상에는 못할 것이 없다고 해요, 사내와 같이 돈도 벌 수 있고, 사내와 같이 벼슬도 할 수 있어요. 사내가 하는 것은 무엇이든지 하는 세상이에요." 하던 생각을 하며, 아버지가 담뱃대를 드시고 "뭐 어쩌고 어째, 네까짓 계집애가 하길 무얼 해. 일본 가서 하라는 공부는 아니하고 귀한 돈 없애고 그까짓 엉뚱한 소리만 배워가지고 왔어?" 하시던 무서운 눈을 생각하며 몸을 흠찔한다.

과연 그렇다. 나 같은 것이 무얼 하나. 남들이 하는 말을 흉내내는 것이 아닌가. 아아 과연 사람 노릇 하기가 쉬운 것이 아니다. 남자와 같이 모든 것을 하는 여자는 평범한 여자가 아닐 터이다. 사천 년래의 습관을 깨뜨리고 나서는 여자는 웬

만한 학문, 여간한 천재가 아니고서는 될 수 없다. 나폴레옹 시대에 파리의 전 인심을 움직이게 하던 스타엘 부인과 같은 미묘한 이해력, 요설(饒舌)한 웅변(雄辯), 그런 기재(機才)한 사회적 인물이 아니고서는 될 수 없다. 살아서 오를레앙을 구하고 사(死)함에 프랑스를 구해낸 잔다르크 같은 백절불굴의 용진(勇進) 희생이 아니고서는 될 수 없다. 달필(達筆)의 논문가(論文家), 명쾌한 경제서(經濟書)의 저자로 이름을 날린 영국 여권론의 용장(勇將) 포드 부인과 같은 어론(語論)에 정경(精勁)하고 의지가 강고한 자가 아니고서는 될 수 없다. 아아 이렇게 쉽지 못하다. 이만한 실력, 이러한 희생이 들어야만 되는 것이다.

경희가 이제껏 배웠다는 학문을 톡톡 털어보아도 그것은 깜짝 놀랄 만치 아무것도 없다. 남이 제 앞에서 춤을 추고 노래를 하나 참으로 좋아할 줄을 모르고 진정으로 웃어줄 줄을 모르는 백치 같은 감각을 가졌다. 한마디 대답을 하려면 얼굴이 벌개지고 어서(語序)를 찾을 줄 모르는 둔설(鈍舌)을 가졌다. 조금 괴로우면 싫어, 조금 맞기만 하여도 통곡을 하는 못된 억병(臆病)이 있다. 이 사람이 이러는 대로 저 사람이 저러는 대로, 동풍 부는 대로 서풍 부는 대로 쏠리고 따라가도 고칠 수 없이 쇠약한 의지가 들어앉았다. 이것이 사람인가. 이것을 가진 위인이 사람 노릇을 하잔 말인가. 이까짓 남들 다 하는 것쯤의 학문으로, 남들도 지을 줄 아는 삼시 밥 먹을 때

오른손에 숟가락 잡을 줄 아는 것쯤으로는 벌써 틀렸다. 어림도 없는 허영심이다. 만일 고금(古今) 사업가의 각 부인들이 알면 코웃음을 칠 터이다. 정말 엉뚱한 소리다.

"아이구, 어찌하면 좋은가……."

여기까지 제 몸을 반성한 경희의 생각에는 저를 맏며느리로 데려가려는 김 판사집도 딱하다. 또 저 같은 천치가 그런 부귀한 댁에서 데려가려면 고개를 숙이고 네네, 소녀를 바치며 얼른 가야 할 것이 당연한 일인데 싫다고 하는 것은 제가 생각하여도 괘씸한 일이다. 그리고 아버지며 어머니며 그 외 여러 친척 할머니 아주머니가 저를 볼 때마다 시집 못 보낼까 보아 걱정들을 하는 것이 당연한 일인 것도 같다.

경희는 이제까지 비녀 쪽진 부인들을 보면 매우 불쌍히 생각하였다. '저것이 무엇을 알고 저렇게 어른이 되었나. 남편에 대한 사랑도 모르고 기계같이 본능적으로만 저렇게 금수와 같이 살아가는구나. 자식을 귀애(貴愛)하는 것은 밥이나 많이 먹이고 고기나 많이 먹일 줄만 알았지 좋은 학문을 가르칠 줄은 모르는구나. 저것도 사람인가?' 하는 교만한 눈으로 보아 왔다. 그러나 웬일인지 오늘은 그 부인네들이 모두 장하게 보인다. 설거지하는 시월이 머리에도 비녀가 꽂힌 것이 저보다 훨씬 나은 것도 같이 보인다. 담 사이로 농민의 자식들의 우는소리가 들리는 것도 저보다 훨씬 나은 딴 세상 같다. 아무리 생각하여도 저는 저 같은 어른이 될 수 없을 것 같고 제 몸으로는 저와 같은 아이를 낳을 수가 없는 것 같다. '저와 같이 이렇게 가기 어려운 시집을 어쩌면 그렇게들 많이 갔고 저와 같이 이렇게 어렵게 자식의 교육을 이리저리 궁구하는 것을 저렇게 쉽게 잘들 살아가누.' 생각을 한즉, 저는 아무것도 아니다. 그 부인들은 자기보다 몇십 배 낫다.

'어떻게 저렇게들 쉽게 비녀로 쪽지게 되었나? 어쩌면 저렇게 자식들을 많이 낳아 가지고 구순히들 잘사누. 참 장하다.'

경희는 생각할수록 그네들이 장하다. 그리고 저는 이렇게도 시집가기가 어려운 것이 도무지 이상스럽다. '그 부인네들이 장한가? 내가 장한가? 이 부인네들이 사람일까? 내가 사람일까?' 이 모순이 경희의 깊은 잠을 깨우는 큰 번민이다. '그러면 어찌하여야 장한 사람이 되나?' 하는 것이 경희의 머리가 무거워지는 고통이다.

"아이구, 어찌하나. 내가 그렇게 될 줄 알았을까……."

한마디가 늘었다. 동시에 경희의 머리끝이 우쩍 위로 올라간다. 그리고 경희의 뻔뻔한 얼굴, 넓적한 입, 길쭉한 사지의 형상이 모두 스러지고 조그마한 밀짚 끝에 깜박깜박하는 불꽃같은 무엇이 바람에 떠 있는 것 같다. 방만은 후끈후끈하다. 부지중에 사방 창을 열어젖혔다.

뜨거운 강한 광선이 별안간에 왈칵 대드는 것은 편싸움꾼의 양편이 육모방망이를 들고 "자……." 하며 대드는 것같이 깜짝 놀랄 만치 강하게 쪼여 들어온다. 오색이 혼잡한 백일홍

216

활년화 위로는 연락부절(連絡不絶)히 호랑나비 노랑나비가 오고가고한다. 배나무 위의 까치 보금자리에는 까만 새끼 대가리가 들락날락하며, 어미 까마귀가 먹을 것을 가지고 오는 것을 기다리고 있다. 댑싸리 그늘 밑에는 탑실개가 쓰러져 쿨쿨 자고 있다. 그 배는 불룩하다. 울타리 밑으로 굼벵이 잡으러 다니는 어미 닭의 뒤로는 대여섯 마리의 병아리가 줄줄 따라간다. 경희는 얼빠진 것같이 멀거니 앉아서 보다가 몸을 일부러 움직이었다.

저것! 저것은 개다. 저것은 꽃이고 저것은 닭이다. 저것은 배나무다. 그리고 저기 매달린 것은 배다. 저 하늘에 뜬 것은 까치다. 저것은 항아리고 저것은 절구다.

이렇게 경희는 눈에 보이는 대로 그 명칭을 불러 본다. 옆에 놓인 머릿장도 만져 본다. 그 위에 개어서 얹은 명주 이불도 쓰다듬어본다.

"그러면 내 명칭은 무엇인가? 사람이지! 꼭 사람이다."

경희는 벽에 걸린 체경(體鏡)에 제 몸을 비추어본다. 입도 벌려 보고 눈도 끔쩍여본다. 팔도 들어보고 다리도 내어놓아 본다. 분명히 사람 모양이다. 그리고 드러누운 탑실개와 굼벵이 찍으러 다니는 닭과 또 까마귀와 저를 비교해본다. 저것들은 금수, 즉 하등 동물이라고 동물학에서 배웠다. 그러나 저와 같이 옷을 입고 말을 하고 걸어다니고 손으로 일하는 것은 만물의 영장인 사람이라고 배웠다. 그러면 저도 이런 귀한 사람이다.

아아, 대답 잘했다. 아버지가 "그리로 시집가면 좋은 옷에 생전 배불리 먹다 죽지 않겠니?" 하실 때에 그 무서운 아버지 앞에서 평생 처음으로 벌벌 떨며 대답하였다. "아버지 안자(顏子)의 말씀에도 일단식(一簞食)과 일표음(一瓢飲)에 낙역재기 중(樂亦在基中)이라는 말씀이 없습니까? 먹고만 살다 죽으면 그것은 사람이 아니라 금수(禽獸)이지요. 보리밥이라도 제 노력으로 제 밥을 제가 먹는 것이 사람인 줄 압니다. 조상이 벌어 놓은 밥 그것을 그대로 받은 남편의 그 밥을 또 그대로 얻어먹고 있는 것은 우리 집 개나 일반이지요." 하였다. 그렇다. 먹고 죽으면 그것은 하등 동물이다. 더구나 제 손가락 하나 움직이지 않고 조상의 재물을 받아 가지고 제가 만들기는 둘째 쳐 놓고 받은 것도 쓸 줄 몰라 술이나 기생에게 쓸데없이 낭비하는, 사람이 아니라 금수와 같이 배 뚜드리다가 죽는 부자들의 가정에는 별별 비참한 일이 많다. 거의 금수와 구별을 할 수도 없는 일이 많다. 그런 자는 사람의 가죽을 잠깐 빌려다가 쓴 것이지 조금도 사람이 아니다. 저 댑싸리 그늘 밑에 드러누우려 하여도 개가 비웃고 그 자리가 아깝다고 할 터이다.

그렇다. 괴로움이 지나면 낙이 있고 울음이 다하면 웃음이 오고 하는 것이 금수와 다른 사람이다. 금수가 능치 못하는 생각을 하고 창조는 해 내는 것이 사람이다. 사람이 번 쌀, 사람이 먹고 남은 밥찌꺼기를 바라고 있는 금수, 주면 좋다는 금수와 다른 사람은 제 힘으로 찾고 제 실력으로 얻는다. 이것은 조금도 모순이 없는 사람과 금수와의 차별이다. 조금도 의심 없는 진리다.

경희도 사람이다. 그 다음에는 여자다. 그러면 여자라는 것보다 먼저 사람이다. 또 조선 사회의 여자보다 먼저 우주 안 전 인류의 여성이다. 이철원 김 부인의 딸보다 먼저 하나님의 딸이다. 여하튼 두말할 것 없이 사람의 형상이다. 그 형상은 잠깐 들씌운 가죽뿐 아니라 내장의 구조도 확실히 금수가 아니라 사람이다.

오냐, 사람이다. 사람으로 보이지 않는 험한 길을 찾지 않으면 누구더러 찾으라 하리! 산정(山頂)에 올라서서 내려다보는 것도 사람이 할 것이다. 오냐, 이 팔은 무엇하자는 팔이고 이 다리는 어디 쓰자는 다리냐?

경희는 두 팔을 번쩍 들었다. 두 다리로 껑충 뛰었다.

빤빤한 햇빛이 스르르 누그러진다. 남치맛빛 같은 하늘빛이 유연히 떠오른 검은 구름에 가리운다. 남풍이 곱게 살살 불어 들어온다. 그 바람에는 화분(花粉)과 향기가 싸여 들어온다. 눈앞에 번개가 번쩍번쩍하고 어깨 위로 우레 소리가 우루루루한다. 조금 있으면 여름 소나기가 쏟아질 터이다.

경희의 정신은 황홀하다. 경희의 키는 별안간 엿 늘어지듯이 부쩍 늘어진 것 같다. 그리고 목(目)은 전 얼굴을 가리우는 것 같다. 그대로 푹 엎드리어 합장으로 기도를 올린다.

하나님! 하나님의 딸이 여기 있습니다. 아버지! 내 생명은 많은 축복을 가졌습니다.

보십쇼! 내 눈과 내 귀는 이렇게 활동하지 않습니까?

하나님! 내게 무한한 광영(光榮)과 힘을 내려주십쇼.

내게 있는 힘을 다 하여 일하오리다.

상을 주시든지 벌을 내리시든지 마음대로 부리시옵소서.

La Place St. Pierre et le Sacré Coeur de Montmartre
1938

Pontoise
1912

Versailles, Parc du Petit Trianon-Le Boudoir
1934

규원(閨怨)

때는 정히 오월 중순이라. 비온 뒤끝은 아직도 깨끗지 못하여 검은 구름발이 삼각산 봉우리를 뒤덮어 돌고 기운차게 서서 흔들기 좋아하는 포플러도 잎새 하나 움직이지 않고 조용히 서 있을 만치 그렇게 바람 한 점도 날리지 않는다. 참새들은 떼를 지어 갈팡질팡 이리 가랴 저리 가랴 하며 왜가리는 비 재촉하는 울음을 깨쳐 가며 지붕을 건너 넘어간다.

이때에 어느 집 삼 칸 대청에는 어린아이 보러 온 육칠 인의 부인네들이 혹은 앉아서 부채질도 하며, 혹은 더운 피곤에 못 이기어 옷고름을 잠깐 풀어 젖히고 화문석 위에 목침을 의지하여 가볍게 눈을 감고 있는 이도 있으며, 혹은 무심히 앉아서 처음 온 집이라 앞뒤를 살펴 보기도 하며, 혹은 살림에 대한 이야기도 하며, 혹은 그것을 듣고 앉았기도 한다. 마루에는 어린애의 기저귀가 두어 개 늘어놓아져 있고 물주전자가 놓여 있으며 물찌끼가 조금씩 남아 있는 공기가 서너 개 널려 있다. 또 거기에는 앵두 씨가 여기저기 떨어져 있고 큰 유리화 대접에 반도 채 못 담겨 있는 앵두는 물에 젖어 반투명체로 연연하게 곱고 붉은빛이 광선에 반사되어 기름 윤이 흐르게 번쩍번쩍한다.

이때에 열어젖힌 뒷문으로 어린애 우는 소리가 사랑으로부터 멀리 들리자 산후의 열기로 인하여 신음하다가 일어나 앉은 아기 어머니는 어푸수수한 머리를 아무렇게나 쪽지어 흑각(黑角)으로 꽂고 기운 없이 뒷문턱에 기대어 앉았다가 깜짝 놀라 일어서며 사랑으로 나가 아기를 고쳐 안고 들어온다. 아기의 두 눈에는 약간 눈물이 흘러 있고 모기에 물린 자국으로 두어 군데 붉은 점이 찍혀 있다. 어머니 팔에 안기어오는 기쁨인지 또렷또렷한 눈망울을 굴리어 군중을 둘러보다가 아는 듯 모르는 듯 씽긋 웃는다. 군중의 시선은 모두 이 아기에게 집중하여 있는 중 모두 "아이고, 웃는구나." 하고 다시 웃을까 하여 어르기도 하며 머리를 쓰다듬어보기도 하고 손을 만져보기도 한다. 아기는 모르는 체하고 몸을 돌리어 어머니 가슴에 입을 돌리어 젖을 찾는다.

저편 구석에 담배 물고 시름없이 하늘을 쳐다보고 앉은 부인은 어떻게 보면 거진 사십쯤 되어 보이고 어떻게 보면 겨우 삼십이 넘어 보인다. 어디인지 모르게 귀인성이 있어 보임직한 얼굴에는 얼마만한 고생의 흔적인지 주름살이 이리저리 잡혀진다. 거기다가 분을 좀 스친 모양이라 햇빛에 그을어 꺼무죽죽한 얼굴빛에 겉돌며 넉사 자 이맛전에 앞머리를 좌우 평행으로 밀기름에 재어 붙이고 느짓느짓 땋아 느짐하게 길쭉이 쪽을 지어 은비녀로 꾹 찔러 놓은 것이며 모시 적삼 화

장은 길쭉하여 손등을 덮고 설핏한 모시 치마에 허리를 넓게
달아 느직하게 외로 여며 입은 것은 아무리 보아도 서울 부인
네가 아닐 뿐 아니라, 어디인지 모르게 고상하게 보이는 것은
예절 있는 양반의 집에서 자라난 것이 분명하다. 그렇게 여러
부인네들은 아기들 앞으로 와서 어르고 만져보나 다만 홀로
이 부인만은 아무 말 없이 멀리 건너다보다가 흥 하고 이상한
코웃음을 한번 웃고 눈을 내리깔며 반도 타지 않은 담배를 옆
에 있는 재떨이에 놓고 허리를 굽혀 마루 아래 대뜰에다 탁탁
털며 이상하게 슬픈 기색을 띤다. 이 부인은 다시 전과 같이
앉더니 애기가 젖먹는 양을 바라보며,

"흐흥, 그거 보시오. 이렇게 많이들 앉았는 중에 아기 우는
소리를 그 어머니밖에 들은 사람이 없소그려. 그렇게 자식과
어머니 사이에는 끊으려도 끊을 수 없는 애정이 엉키어 있건
마는 나 같은 것은……."

하고 목이 메어 말끝을 아물지 못하고 두 눈에 눈물이 핑 돈
다. 군중은 모두 이상히 여겨 왜 그리 서러운 기색을 띠느냐
고 물을 수밖에 없었다. 그는 아무 대답 없이 잠잠히 있고, 그
와 동행하여 온 그의 친구 김 부인이 옆에 앉았다가 그를 쳐다
보며,

"또 청승이 끓어나오는군. 아들 둘의 생각을 하고 그러지요."

한다. 군중의 의심은 더욱 깊어진다.

"아들 둘을 어떻게 하였기에요?"

Rue de l'église, en province
1920

하고 다시 물을 수밖에 없었다. 이 부인은 역시 아무 말 없이 앉았고 김 부인이 또 이 부인을 쳐다보며,

"그 내력을 말하려면 숙향전의 고담이지요."

한다. 군중에게는 더욱 호기심을 갖게 되고 궁금증을 일으킨다.

"어째서 그래요? 좀 이야기하시구려."

하는 것이 군중의 청구(請求)이었다. 김 부인은 또 그를 쳐다보며,

"이야기하구려."

권한다. 그 부인은 역시 잠잠히 앉았더니,

"이것 보십쇼."

하고 두 손을 내밀며,

"세상에 사주팔자란 알 수 없습디다. 분길 같던 내 손이 이렇게 마디마다 못 박혀 볼 줄 뉘 알았으며 오뉴월 염천까지 무명 고쟁이로 날 줄 뉘 알았으리까(치마를 걷어치고 가리키는 무명 고쟁이는 오동빛이라). 나도 남부럽지 않게 호의호식으로 자라나서 시집가서도 마루 아래를 내려서 본 일이 없었더랍니다. 이래 보여도 나도 상당한 집 양반의 딸이랍니다. 내 내력을 말하자면 기가 막혀 죽을 일이지요."

이렇게 차차 그의 내력을 말하기 시작하였다.

"내 아버지께서는 평양 감사까지 지내시고 봉산(鳳山) 고을도 사시고(군수를 지냈다는 뜻), 안성(安城) 고을도 사셨지요. 우

리 백부(伯父)님은 이 판서(李判書)집이시지요. 그리하여 우리 고향(故鄕)인 철원(鐵原)골에서는 우리 친정집 일파(一派)의 세력이 무섭지요. 그러한 집에서 아들 사형제 틈에 고명딸로 귀엽게도 자랐지요. 지금은 갖은 고생을 다 겪어서 이렇게 얼굴이 썩고 썩었지요마는, 내가 열두서너 살 먹었을 때는 색씨꼴도 박히고 빛깔이 희고 얼굴도 매우 고왔었으며 머리는 새까마니 전반 같았지요. 그리하여 열 살 먹던 해부터 시골 서울할 것 없이 재상의 집에서들 청혼들을 해댔답니다. 우리 아버지께서 그런 말씀을 하시면 어머니는 딸자식 하나 있는 것이 그렇게 원수스러우냐고 하시지요. 그러면 아버지께서는 아무 말씀 못하십니다. 그러나 딸자식이란 쓸데없어요. 열여섯 살먹던 해 삼월에 기어이 남의 집으로 가게 되옵디다."

"신랑은 몇 살이고요?" 하고 한 부인은 묻는다. "신랑은 열세 살이었댔지요. 우리 시부모되시는 김 판서(金判書)하고 우리 아버지와는 절친한 사이셨지요. 아마 두 분이 술잔을 나누시다가 우리 혼인이 정해진 모양입디다. 그렇게 어머니 떨어지기 싫어서 울면서 팔십 리나 되는 곳으로 시집을 갔지요. 우리 집에서도 없는 것 없이 처해 가지고 갔거니와 그 집에도 단 형제뿐으로 필혼(畢婚)이라 갖은 예물이며 채단이야 끔찍 끔찍하였었지요. 시부모님에게 귀염인들 나같이 받았으리까. 말이 시집이지 세상에 나같이 어려운 것 모르고 괴로운 것 모르게 시집살이를 하였으리까. 혼인한 지 삼 년이 되도록 태기

(胎氣)가 없어서 퍽도 걱정들을 하시고 기다리시더니 팔 년 되던 해 우연히 태기가 있어 가지고 아들을 낳아 놓으니 그 어른들께서 좋아하시는 것이야 어떻다 말할 수 없었어요. 은(銀)소반 받들 듯하십디다. 바로 그해에 우리 바깥양반이 춘천 군청(春川郡廳)에 군주사를 하였었지요. 그럴 동안에 첫애가 세 살을 먹자 또 아우가 있어서 낳으니 또 아들이지요. 밤이면 네 식구가 옹기옹기 앉아서 재롱을 보고 하면 타곳에서 외롭게 지내는 중에도 재미있게 지냈지요. 그러나 내 복조가 그만이었던지 집안 운수가 불길하려 함인지, 둘째 아이 낳던 그해 동짓달에 일본 설[신정(新正)을 가리킴]이라고 하여 연회에 가시더니 밤이 늦어서 들어오시는데 술이 퍽 취한 듯싶습디다. 펴놓은 자리 위에 옷도 벗지 않고 탁 드러누워 머리를 몹시 아프다고 끙끙 앓더니 별안간에 와르르 게우는데 벌건 선지피가 두어 번 칵칵 엉키어 나옵디다그려. 나는 간담이 서늘하여지옵디다."

여기까지 듣고 앉았던 여러 부인네의 가슴은 졸여지는 모양이라. "그래서요?" 하며 이야기 계속하기를 원하는 이도 있으며, 혹은 "저런, 어쩔까!" 하고 차마 들을 수 없겠다는 것처럼 찌푸린다. 혹은 "아이고, 딱해라." 한다. 이 부인(李夫人)은 목이 메여 침 한 번을 꿀떡 삼키고 잠깐 말을 멈추었다가 다시 한다.

"그때 드러누우신 후로 그 이튿날부터 사진(仕進: 벼슬아치

Rue Marcadet à Montmartre
1910

가 정해진 시간에 출근함)이 무엇입니까. 하루에 미음 한 번이나 자시는 둥 마는 둥 하고 담이 점점 성하여져서 벌건 피담을 한 요강씩 뱉지요. 그렇게 걷잡을 새 없이 나날이 병이 중(重)하여 가옵디다그려. 그래서 큰댁에 편지를 한다, 전보(電報)를 한다 하였더니 우리 맏시아주버니께서 다 모아 데리고 가시려고 곧 오셨습디다. 그리하여 우둥부둥 짐을 싸 가지고 불시로 모두 떠나 왔지요. 그러한 일이 또 어디 있었으리까. 큰댁에를 들어서니까 공연히 무슨 죄나 지은 것같이 어른 뵐 낯이 없습디다. 아니나다를까 시어머님되는 마님께서는 나를 보고 어떻게 하다 저렇게 병을 냈느냐고 원망을 하시며 두 내외분은 식음을 전폐하시고 느러누워 계시니 집안이 그런 난가(亂家)가 어디 있으리까. 인삼이며 사슴뿔이며 갖은 좋다는 약은 다 사들이고 용하다는 용한 의원은 멀고 가깝고 간에 데려다가 사랑에 두고 날마다 맥을 보고 약을 쓰나 만약(萬藥)이 무효이라. 돈도 많이 들었거니와 사람의 간장인들 그 얼마나 졸였었으리까. 필경은 그 이듬해 팔월 스무하룻날 가서 그 몸을 마치었지요."

하며 적삼 끈을 집어 두 눈을 씻는다. 군중은 모두 "저런, 어쩔까?" 하고 혀들을 툭툭 한다. 이 부인은 한풀이 죽어서 겨우 말끝을 잇는다.

"그러니 스물다섯 살인 꽃 같은 나이에 세상 재미를 다 버리고 죽은 이도 불쌍하거니와 여편네가 서른도 못 되어 혼자되니 그 신세야 말할 것 무엇 있겠소. 오죽 방정맞아 보였으리까. 왜 그런지 모든 사람이 이 몸을 모두 박복한 년으로 보는 듯싶어서 어찌 부끄러운지 혼자된 후로는 사람을 쳐다보지를 못하고 지내 왔지요. 친정 오라버니가 보러 오셨는데 하얗게 소복을 하고 보기가 어찌 부끄럽던지 모닥불을 퍼붓는 것 같아서 즉시 얼굴을 들지 못하였더랍니다."

한 부인이 말하되,

"참 옛날 어른이시오. 아, 그것뿐이에요? 생전 죄인이지요. 어디 가서 고개를 들어보고 말소리를 크게 내어보며 목소리를 높여 웃어보아요. 그러기에 몸을 마친다 하고 과부가 되면 하늘이 무너졌다고 하는가 봐요. 참, 기가 막히지요. 그러나 요사이 과부들은 어디 그럽디까. 벌건 자주 댕기를 아니 드리나, 분들을 못 바르나. 그러니 세상이 망하지 않겠소."

하며 누웠다가 벌떡 일어나 앉으며 담뱃재 떠느라고 허리를 굽히는데 보니, 그의 머리에는 조적 댕기가 드려 있는 것이 이 부인도 과부 중에 한 사람인 듯싶고 말하는 것이 경험한 말 같다.

이 부인은 다시 말을 이어, "지금 생각하여 보면 그, 못나서 그랬어요. 그야말로 불행 중 다행으로 아들 형제를 두고 가서 할머니 할아버지께서도 그것들로 위로를 많이 받으시고 나도 그것들에게 의지하게 되었지요. 우리 시아버님께서는 우리 세 식구를 어떻게 불쌍히 여기시는지 살림에나 재미를 붙여 살으라고 하시고, 둘째 아드님 몫으로 지어 두셨던 삼백 석 추수 받는 논과 밭을 내 이름으로 증명(證明)을 내어주시고 큰 댁 바로 앞집을 사서서 분통같이 꾸며서 상청하고 우리 세 식 구들 세간을 그 동짓달에 내어주시며 조석으로 드나드시면서 보아주십디다. 살림도 내외가 가져서 해야 이것도 사고 싶고 저것도 사고 싶고 하여 재미가 나지요. 마지못하여 살림에 당 한 것을 하나 사면 '어디를 가고 나 혼자 이렇게 살려고 애를 쓰나.' 하는 마음이 생기고 걷잡을 새 없이 설움이 북받쳐 눈 물이 앞을 가리우지요. 우리 친정에서는 내가 불쌍하다고 철 철이 나는 실과(實果)를 아니 사 보내주시나, 아이들 옷을 아 니 해 보내주시나, 남편 없이 시아버님께 돈을 타서 쓰니 오죽 군색하랴 하고 일용(日用)에 보태어 쓰라고 돈을 다 보내주시 고 하지요. 아, 참 세월도 빨라요. 살아서 있는 것같이 조석상 식(朝夕喪食)을 받들기에 큰 위로를 받고 밤에라도 나와서 마 루에 있는 소장(素帳)을 보면 집을 지켜주는 듯싶어서 든든하 더니 그나마 삼년상을 마치고 나니 더구나 새삼스럽게 서러 운 마음이 생기고 허수하며 섭섭하기가 말할 길 없습디다. 따 라서 죽지 못한 것이 한이지요. 죽지 못하여 살아가는 동안에 한 해 가고 두 해 가서 사 년이 되었지요. 그해 팔월에 마루에 서 혼자 큰아이 녀석 추석 빔을 하고 앉았으려니까 전부터 우 리 큰댁에 드나들면서 바느질도 하고 하던 점동 할머니가 손 자를 등에 업고 들어옵디다. 그는 전에 없이 내가 혼자 사는 것이 불쌍하다는 둥 오죽 서럽겠느냐는 둥 하며 무슨 말인지 서울 어느 점잖은 사람이 상처(喪妻)를 하고 젊은 과부를 하나 얻으려고 하는데 그 사람은 문벌(門閥)도 관계치 않고 재산도 상당하며 어쩌고저쩌고 늘어놓습디다. 나는 아마 그냥 그런 이야기를 하나 보다 하고 무심히 들었을 뿐이었지요. 그런 뒤 얼마 있다가 어느 날 또 할멈이 오더니 그런 말을 또 하면서 감히 무엇이라고는 못하고 내 눈치를 보는 것이 매우 이상스럽겠지요? 어찌 괘씸스러운지 나 역시 모르는 체하였을 뿐이지요. 아, 이것 좀 보시오. 며칠 뒤에 또 와서는 불고 염치하고 날더러 마음이 없냐고 아니합니까. 내가 누구 앞에서 그따위 말을 하느냐고 악을 쓰니까 꽁무니가 빠지게 달아납디다. 그런 뒤로는 나는 어찌 분하든지 밤이면 잠이 다 아니 오겠지요. 그리고 모든 사람이 다 나를 업수이여기는 것 같아서 어찌 서러운지 과부되었을 때보다 더해요. 그런데 이거 보세요. 망신살이 뻗치려니까 어렵지가 않겠지요. 도무지 날짜까지 잊혀지지가 않습디다마는, 그해 구월 열이튿날이었어요. 저녁밥을 다 해치우고 안방에서 신선해서 방문을 닫고 어린애 젖을 먹이느라고 끼고 드러누웠으려니까 별안간에 마당에서 우리 큰애 이름 "순영아, 순영아." 두어 번 부르는 남자의 소리가 나겠지요. 나는 시부(媤父)께서 나오셨나 하고 젖을 떼고 일어서려는데 다시 부르는 소리를 들으니 우리 시부님의 목소리는 캥캥하신데 그렇지가 않고 우렁찬 소리겠지요. 나는 이상스러운 마음이 생겨서 잠깐 문틈으로 내다보았지요. 어스름 밤이라 자세히는 볼 수 없으나 키가 훨씬 큰 사람이 뒷짐을 지고 그 손에는 단장을 휘적휘적 흔들며 안을 향하여 섰는 것이 잠깐 보아도 우리 집안 사람은 아니옵디다. 나는 불현듯 무서운 생각이 생겨서 나오지 않는 목소리로 벌벌 떨며, "그 누구신가 여쭈어보아라." 하였지요. 그자는 내 목소리를 듣자 반가운 듯이 마루 끝으로 가까이 오며 천연스럽게 "네, 서울서 왔습니다." 해요. 나는 다시 떨리는 소리로, "서울서 오시다니 누구신가 여쭈어보아라." 한즉 그자는 버쩍 마루로 올라서며, "왜 점동 할머니께 들으셨지요. 서울 사는 장 주사라고요……." 하며 바로 익숙한 사람에게 대하여 말하듯이 반웃음을 띠며 말하겠지요. 나는 무섭고도 분하여서, "나는 그런 사람 몰라요. 그런데 대관절 남의 집 대청에를 아무 말 없이 들어오니 이런 법(法)이 어디 있소." 하며 주고받고 할 때에 마침 대문 소리가 나자 우리 시어머니되는 마님이 들어오시는구려."

군중은 모두 "아이고, 저런 어쩔까.", "어쩌면 꼭 그때." 하며 마음을 졸여한다.

"그러니 꼭 그물에 걸린 고기지요. 넘치고 뛸 수 있나요. 그러니 장 주사라는 작자가 밖으로 뛰어나가야 옳겠습니까. 안으로 뛰어들어와야 옳겠습니까. 어쩔 줄을 몰라 그랬던지 방으로 뛰어들어오는구려. 나는 속절없이 누명을 쓰게 되었지

Rue Lepic
1909-1910

요. 시모님께서는 그자의 태도가 수상스러운 것을 보시고 곧 눈치를 채신 모양이라, 방으로 쫓아 들어오시더니 눈을 똑바로 떠 쳐다보시며, "웬 사람이냐?"고 하시더니 다시 나의 태도를 유심히 보시는구려. 그러니 그 자리에서 무어라고 말하겠소. 하도 기가 막히는 일이라 아무 말도 아니 나와서 잠잠히 서 있을 뿐이었지요. 원래 괄괄하신 어른이라 곧 내게로 달려드시더니 내 머리채를 휘어잡고 이 빰 저 빰 치시며, "이년, 남의 집을 착실하게도 망(亡)해준다. 생때 같은 서방 죽이고 무엇이 부족하여 밤낮 뭇놈하고 부동을 하며 서방질을 하니? 이년, 그런 뭇서방놈들이 앞뒤로 널렸으니까 네 서방을 약을 먹여 병 내놓았구나. 에, 갈아 먹어도 시원치 않을 년. 내 집에 일시라도 머물지 말고 저놈 따라 나가 버려라. 어서 어서!" 하는 벼락 같은 재촉이 거푸 나는데 어느 뉘라서 거역할 수 있던가요. 시골이라 앞뒷집에서 큰소리가 나니 남녀노소 물론하고 마당이 미어지도록 구경꾼이 밀려들어 오는구려. 오장을 버선목이라 뒤집어 뵈는 수도 없고 그 자리에서 내가 억울하다 하면 누가 곧이를 듣겠소. 남영 홍씨(洪氏)네 떼라니 순식간에 모여들더니 그년 어서 쫓아내 보내라는 말이 빗발치듯 합디다. 그렇게 원통할 길이 또 어디 있었으리까. 다만 하늘을 우러러보며 하나님 맙소사 할 뿐이었지요. 내가 어렸을 때부터 우리 부모님에게 큰소리 한 마디 들어보지 못하고 자라났는데 머리가 한 움큼이나 빠지고 온몸이 성한 곳이 없이 멍이 퍼렇게 들도록 어떻게 맞았지요. 이것 좀 보시오(윗입술을 올려치니 간간이 금(金)을 넣어 번쩍번쩍 하는 앞니를 보이면서). 이것도 그때에 어찌 몹시 얻어맞았던지 그때부터 잇몸이 부어서 순색으로 쑤시더니 여섯 달 만에 몽땅 빠지겠지요. 그래서 이렇게 앞니를 모조리(앞니 여섯을 가리키며) 해 박았습니다. 그래서 그날 그 시로 당장에 내쫓겼지요. 아이 둘은 물론 뺏기고요. 쫓겨 나와 갈 데가 있나요. 첫째 남이 부끄러워서 조그만 바닥이라 즉시로 온 성내(城內)에서 다 알게 되었지요. 할 수 없이 우리 친정 편으로 멀리 일가 되는 집을 찾아가서 그 집 행랑 구석 얼음장 같은 구들 위에서 그 밤을 앉아 새웠었지요. 손발이 차다 못하여 나중에는 저려 오고 두 젖이 띵띵 불어 아파 견딜 수가 있어야지요. 사람이 악에 바치니까 눈물도 아니 나오고 인사도 차릴 수 없습디다. 아무려면 어떠랴 하고 발길을 기다려 사람을 보내서 어린아이를 훔쳐 오다시피 했지요. 그 이튿날 늦은 조반 때쯤 되어서 보교(步轎) 하나가 들어오더니 그 뒤에는 어느 하이칼라 하나가 따라 들어오는데 잠깐 보니 어제 저녁에 내 집에서 방으로 뛰어들어오던 사람 비슷합디다. 나는 그자를 보자 곧 사시나무 떨리듯 떨려지며 분한 생각을 하면 곧 내려가서 멱살을 쥐고 마음껏 한판 해 내었으면 좋겠습디다. 바로 호기스럽게 어느 실내 마님이나 모시러 온 듯이 날더러 타라고 하겠지요. 어느 쓸개 빠진 년이 거기 타겠습니까. 그러자니 자연 말이 순순히 나가겠습니까. 남에게 누명을 씌운 놈이라는 둥 내 계집된 이상에 무슨 말이냐는 둥 점점 분통만 터지고 꼴만 드러나지요. 보니까 벌써 앞뒤가 **빽빽**하게 구경꾼이 들어섰구려. 그러니 어떻게 합니까. 그곳을 떠나는 것이 일시(一時)가 바쁘게 되었지요. 큰댁 하인(下人) 놈들이 웅기중기 서서 구경하는 양을 보니까 고만 어떻게 부끄러운지 아무 소리가 아니 나오고 부지불각(不知不覺) 중에 아이를 끼고 보교 속으로 피신을 하여 버렸지요. 얼마를 한없이 가서 어느 산골 촌구석 다 쓰러져 가는 초가 앞에다 보교를 놓더니 날더러 내리라고 합디다. 그리고 원수의 그자는 정다이 나를 들여다보며 시장하지 않느냐고 묻겠지요. 참, 꿈인들 그런 꿈이 어디 있으리까. 분한 대로 하면 뺨을 치고 싶었으나 차마 남의 남자에게 손이 올라가야지요. 그리고 다른 곳에 가서까지도 꼴을 들키고 싶지 아니하여……. 거기서 이럭저럭 근 십여 일이나 지냈지요."

이제껏 열심히 듣고 앉았던 애 어머니는 빙그레 웃으면서,

"그러면 혼인은 언제 했어요? 거기서 했나요?"

하고 묻는 말에 이 부인은 어물어물하며 잠깐 두 뺨이 불그레진다.

"그러면 어떻게 해요. 아무려면 그 계집 아니라나요. 그러기에 지금이라도 그때 내 살을 그놈에게 허락한 것을 생각만 하면 치가 떨리고 분하지요. 내가 지금만 같았어도 무관하지요. 그때만 해도 안방 구석만 알다가 졸지에 쫓겨나서 물 설

Belle Gabrielle

고 산 설은 곳으로 가니 그나마도 사람을 배반하면 이년의 몸은 또 무엇이 되겠습니까. 그래서 날 잡아 잡수 하고 있었지요. 그러기에 지금 생각하면 그때 왜 내가 목이라도 매서 못 죽었나 싶으지요. 자살도 팔자니까요……. 그리고 장 주사는 서울 집 사놓고 데리러 오마 하고 떠났지요. 나는 어린애 데리고 거기 며칠 더 있다가 하루는 염치 불구하고 우리 친정을 찾아 나갔지요. 마침 그 동네 사람 하나가 평강으로 간다고 해서 애를 업고 생전 처음으로 오십 리 걸음을 하여 저녁때 우리 집 문앞에를 다다르니 가슴이 두근두근하고 벌벌 떨려서 차마 대문 안에 발이 들여놓아집디까. 그러나 이를 깨밀어 물고 쑥 들어갔지요. 우리 집에서야 팔십 리 밖의 일을 아실 까닭이 있겠습니까. 어머니는 버선발로 뛰어내려오시며 "이게 웬일이냐?"고 하시고 오라버니댁들도 뛰어내려와서 아이를 받아 들어가고 야단들입디다. 우리 아버지께서는 진지상에 고기 반찬을 해서 놓으면 꼭 반만 잡수시고 오라범댁들을 부르셔서 "이것은 홍집(홍씨 집안에 시집간 여자를 일컫는 말) 누이 주어라. 세상에 부부의 낙(樂)을 모르니 좀 불쌍하냐." 하시고 밤이면 잊지도 않으시고 "홍집 자는 방이 춥지나 않느냐." 하시며 꼭 물으시지요. 그렇게 호강스럽게 그 겨울 동안에 잘 먹고 잘 입고 지냈지요. 그 이듬해 삼월 초엿샛날 아침나절이었지요. 건넌방에서 아버지 마고자를 꾸미고 있으려니까 손아래 오라범이 얼굴이 시퍼래져서 건넌방 미닫이를 부서져라 하고 열어젖히더니 퉁명스럽게 내 앞에다가 무슨 전보 한 장을 내어던집디다. 까막눈이라 볼 줄을 아나요. 옆에 앉았던 그 오라범댁더러 좀 보아달라고 하였지요. 한참 보더니 이상스러운 눈으로 나를 쳐다보면서 "아이고, 형님. 순영이 아버지는 돌아가셨는데 이게 누구입니까. 아버님 함자로 왔는데 오늘 온다 하고 서랑(壻郎: 사위) 장필섭이라고 하였습니다." 하지요. 그런 원수가 어디 있으리까. 그러자 별안간에 문 밖에서 자동차 소리가 나더니 키는 멀쑥하니 삼팔 두루마기 자락이 너풀거리며 금테 안경을 번쩍거리고 서슴지 않고 중문을 들어서 중청(重聽)같이 안마당으로 들어오더니 마루 끝에 걸터앉는구려. 우리 어머니는 그만 이불 쓰시고 아랫목에 드러누우시고요. 우리 오빠들은 동네 집으로 피신하고 나는 부엌에 선 채로 오도 가도 못하고 벌벌 떨고 섰으려니까 오라범댁이 "형님에게 온 손님이니 형님 나가서서 대접하시오." 하는 권에 못 이길 뿐 아니라, 누구나 들어오면 어떻게 해요. 그래서 억지로 나가서 들어가자고 하여 건넌방으로 데리고 들어갔지요. 아랫목에 하나, 윗목에 하나 섰을 뿐이지 무슨 말이 나오겠습니까. 갈수록 산이요, 물이라더니 죽을 수(數: 운수)니까 할 수 없습디다. 왜 하필 그때 우리 아버지는 사흘 전에 큰댁 제사에 가셨다가 돌아오십니까. 안방으로 들어가시더니 우리 어머니더러 왜 드러누웠냐고 하시겠지요. 어머니는 몸살이 났다고 하십디다. 다시 마루로 나오셔서 다니시다가 댓돌에 벗어놓은 마른 발막신을 보시더니 오라범댁을 부르셔서 이게 웬 남자의 신이냐고 하시는구려. 오라범댁은 마지못하여 어물어물하면서 "평강형에게 손님이 왔어요." 하지요. "홍집에게 남자 손님이 웬 손님이며 남자 손님이면 으레 사랑으로 들어가야 할 것이거늘 그 방에 들어앉는 손님이 대체 누구란 말이냐?" 하시더니, "홍집 나오라."고 두어 번 큰소리로 부르시는구려. 나는 그만 겁결에 건넌방 뒷문 밖으로 뛰어나갔지요. 그래서 가만히 섰었으려니까 별안간에 누가 내 뒷덜미를 부러져라 하고 치며 머리채를 휘어잡는구려. 깜짝 놀라 돌아다보니 우리 아버지시지요. 두 말씀 아니하시고 사뭇 아래위로 치시는데 아픈지 만지 하옵디다. 아이구 어머니 살리라고 악을 쓰나 누가 내다보기나 하옵디까. 지금도 장 주사는 그때 나 매 맞은 것을 생각하면 불쌍하다고는 하지요. 이왕 그렇게 되었으니 나를 앞장을 세우고 나서야 옳지요. 자기는 훌쩍 나가서 자동차를 잡아 타고 갔구먼요. 그러니 하인 등쌀에 남이 부끄러워 있을 수도 없거니와 우리 아버지께서는 어머니와 오라범댁들에게 왜 그놈을 부쳤느냐고 조련질을 하시고 나를 내쫓으라고 하시지요. 할 수 없이 그날 저녁에 친정에서까지 쫓겨나서 아이를 업고 정처없이 나섰지요. 우리 어머니는 이십 리까지 쫓아 나오시며 우시는구려. 길거리에서 그렇게 모녀가 마지막 작별을 하였지요. 그러니 인제야 장가에게밖에 갈 곳이 있겠습니까. 그러나 서울이 어디 가

244

박혔는지, 서울은 어떻게 하여서 간다 하더라도 그자의 집이
어디인지는 알아야지요. 아무려나 빌어먹어도 자식들하고나
같이 빌어먹으려고 사십 리나 되는 철원으로 가서 길에서 놀
고 있는 우리 순영이를 훔쳐 가지고 다시 주막 있던 집으로 왔
지요. 우리 집에서 나올 때에 아버지 몰래 어머니가 쌀 판 돈
삼 원을 집어주서서 그것으로 밥값을 치르고 있었으나 그까
짓 것 쓰려니까 얼마 되나요. 열흘도 못 가서 다 없어졌지요.
할 수 있나요. 그때부터 그 집 바느질도 하고 아이를 거두어
도 주고 하며 세 식구 얻어먹고 지냈지요. 여보 말씀 마시오.
제법 어디 가 더운 밥 한술을 얻어먹어보아요? 뭇상에서 남
는 밥찌꺼기나 해가 한나절이나 되어서 겨우 좀 얻어먹어보
지요. 시골집이라니요. 여편네라도 허리를 못 펴고 다니지요.
단칸방에서 주인 식구 다섯하고 여덟이 자면 평생에 어디가
옷고름 한번을 풀어보고 다리를 펴고 자보리까. 알뜰히도 고
생도 하였지요. 그나마도 가라면 어쩝니까."

　(또 있소)

어머니와 딸

一(일).

"나는 그 잘났다는 여자들 부럽지 않아."

틈만 나면 한운의 방에 와서 "허히. 허허."하는 주인마누라는 오늘 저녁에도 또 한운과 이기봉과 마주 앉아 아랫방에 있는 김 선생 귀에 들리라고 일부러 목소리를 크게 하여 말했다.

"왜요?"

이기봉은 주인마누라의 심사를 잘 아는 터라 또 무슨 말인가 하고 들어보기 위하여 이렇게 물었다.

"여자란 것은 침선방적을 하여 살림을 잘하고 남편의 밥을 먹어야 하는 것이야."

오늘은 갑을병(甲乙丙)과 마주 앉고 내일은 이로하(イロハ)와 마주 앉게 되고 때로는 ABC와도 말하게 되는 이 여관집 마누라는 여러 번 좌석에서 신여자 논란이 나오는 것을 많이 주위 들었다. 그리하여 그중에 이런 말이 제일 머리에 박혔던 것이었다.

"왜요? 신여성은 침선방적을 못하나요? 남편의 밥보다 자기 밥을 먹으면 더 맛있지."

Château de la Fontaine, Anse(Rhône)
1931

일 년 전에 이혼을 하고 다시 신여성에게 호기심을 두고 있는 이기봉은 이렇게 반항하였다. 이에 대하여 다시 주인마누라는 처음과 같이 강한 어조로 반항할 힘이 없었다.

"들으라고 그랬지."(손가락으로 아랫방을 가리키며) 한운은 이기봉의 옆을 꾹 찌르며 이렇게 말한다.

"아니 그런데 아랫방에서는 혼자 밤낮 무엇을 하고 있는 모양이야."

주인마누라의 성미를 맞추어 이렇게 다시 화제를 이기봉은 이었다.

"소설을 쓴다나 무엇을 한다나."

입을 삐죽하는 주인마누라는 무엇을 지주함인지 무슨 의미인지 대체 알길이 없었다.

"남이 소설을 쓰거니 무엇을 하거니 주인이 그렇게 배가 아플 것이 무엇 있소?"

주인마누라는 무슨 말을 할 듯 하다가 입을 다문다.

"왜 그래요, 글쎄."

이기봉은 무엇보다 그 주인마누라의 대담히 아는 체 하는 것이 더 듣고 싶었다.

"여자가 잘나면 못 써."

"남자는 잘나면 쓰구요?"

"남자도 너무 잘나면 못 쓰지."

"그럼 알맞게 잘나야겠군. 좀 어려운걸."

이기봉은 입맛을 쩝쩝 다신다. 다시 바싹 대고 앉으며

"주인, 대체 여자나 남자나 잘나면 못 쓴다니 왜 그렇소? 말 좀 들어봅시다."

"나야 무식하니 무얼 알겠소만, 여자가 잘나면 남편에게 순종치 아니하고 남자가 잘나면 계집 고생시켜."

"그건 꼭 그렇소. 인제 아니까 주인이 큰 철학가요 문학가거든."

한참 비행기를 태웠다. 그것은 상대자의 인격이 부족한 때 남기는 현실이오 도회지나 문명국에는 다소 정돈이 되었으나 과도기에 있는 미문명국이나 지방에서는 아직도 사실로 있다는 설명을 하고 싶었으나 알아들을 것 같지 아니하여 그만두고 비행기만 태운 것이었다.

"그 말도 일리가 있는 말이야."

한운은 이렇게 말하며 검은 눈을 끔먹끔먹하고 내려오는 머리를 한 번씩 다듬었다.

"왜 그렇소? 어디 들어봅시다." 이기봉은 한운의 말에 반색을 하야 대들었다.

"잘난 여자도 이혼하고 잘난 남자도 이혼하는 것은 사실 아니오?"

"그건 잘나서 그런 것이 아니라 맞지가 않아서 그런 것이지."

"결국 맞지 않는다는 것이 누가 잘났든지 잘나서 그런 것 아니오."

"다 진보하려는 사람의 본능에서 생기는 사실이겠지."

자기가 이혼을 한 사실이 있는 이기봉은 대답이 좀 약해졌다. 아직 미성혼중으로 장래를 꿈꾸고 있는 한운에게는 어디까지 이혼이라는 것을 부정하고 싶었다.

"이혼 안 하면 진보할 수 없나?"

"불만족한 데서 만족을 찾으려니까 그렇지."

"그러면 당초부터 혼자 살지. 자기가 자기를 만족한다면 모르거니와 타인을 상대하여 만족을 구한다는 것은 될 말이 아니야."

"그렇게까지 어렵게 들어가자면 한이 없고 혼자 살잔 말도 못 되고 어려운 문제야."

이기봉은 음울해지면서 자기가 지금 무직으로 놀고 있는데 어떤 여성이 자기 아내가 되어 자기를 만족히 하여줄까 하는 것을 묵상하고 있다. 이 틈을 타서 주인은 다시 말을 끄집었다.

"글쎄 그년이 김 선생이 온 뒤로부터 시집을 안 가려고 하고 공부만 더 하려고 하니 어쩌겠소."

"할 수만 있으면 공부를 더 시키는 것이 좋지요."

"공부는 더 해 무엇하겠소? 고등여학교 했으면 족하지."

"여자도 전문교육을 받아야 해요 여자의 일생처럼 위태한 것이 어디 있나요."

"그렇기에 잘난 여자가 되지 않는 것이 좋아."

"제 한 몸을 추스를 만한 전문 없이 불행에 이른다면 부모형제 친구를 괴롭게 하니까 결국 마찬가지야."

"잘나지 않으면 불행에 이르지 않지."

"아니, 그러면 돌쇠 어머니는 어째서 남편과 생이별을 하고 이 여관집 밥 어멈 노릇을 하구 있소."

"다 팔자소관이니까 그렇지."

주인은 대답할 말이 없어 이렇게 말하였다.

"그렇게 말하면 다 그렇지요."

이기봉은 더 말해야 알아들을 것 같지 아니하여 이렇게 간단히 말해버렸다.

"우리 화토나 합시다."

다 듣기 싫다는 듯이 한운은 책상 서랍에서 화토를 끄냈다.

"마코 내기 화토나 할까? 이백 끗에 마코 한 갑씩"

세 사람은 다 각기 들고 앉았다.

二(이)

아침 일찌거니 주인마누라는 김 선생 방에 들어섰다.

"어서 오십쇼. 이리 뜨듯한 데로 내려오십쇼."

김 선생은 쓰던 원고를 집어 치우면서 말했다.

"밤낮 무엇을 그리 쓰시고 계시오?"

"무얼 공연히 장난하고 있지요."

"밤낮 혼자서 고적하지 않아요?"

"무얼요. 졸업을 해서요. 그리고 고적한 것을 이겨내려고 공부를 하고 있습니다."

"수양이 깊으신 어른이란 달라."

"그렇지도 않지요."

"어쩌면 그렇게 공부를 많이 하셨어."

"많이 하긴 무엇을 많이 해요."

"참 여자로 훌륭하시지."

"천만에."

"공부해가지고 다 김 선생같이 된다고 하면 누가 공부를 아니해요."

"왜요?"

김 선생은 어제밤 윗방에서 하던 말을 들은 터이라 이 마누라가 무슨 또 변덕이 생겼나 하고 이렇게 물었다.

"우리네같이 쌍일을 할까. 곱게 앉아서 글이나 쓰고 신선놀음이지."

"……."

김 선생은 "당신네들이 팔자가 좋소이다."하고 싶었으나 그러면 말이 길어질 것 같아 아무 대답을 아니하였다.

"그렇게 소설을 써서 잡지사에 보내면 얼마나 주나요?"

"심심하니까 쓰고 있지요."

일백오십 원 현상 소설을 쓰고 있다는 말을 아니하였다.

"그래도 들으니까 돈을 많이 버신다던데."

"거짓말이지요."

Rue Vauconsant, in Sannois(Val-D´oise)

과거에 현상소설에 몇 번 당선하여 수백 원 번 것, 신문지상 장편소설에 수백원 번 것, 매삭 잡지에 투호 원고로 받는 것 적지 않으나 자기 자랑 같아서 말하지 아니했다.

"이렇게 여행다니시는 것은 많이 버셨기에 하시지."

"네. 지금 통장에 수천 원쯤 있지요."

형사가 힐문하드시 묻는 이 말에 대하야 귀찮은 듯이 속이 시원해라 하고 이렇게 대답하였다. 본래 김 선생은 돈 말이라 면 머리를 절절 흔드는 사람이다.

"아이구머니나, 저런."

"밥값 떼일까 봐 걱정은 마십쇼."

"천만에."

"그런데, 김 선생."

"네."

"이렇게 여관에 계시면 비용이 많이 들지 않아요?"

"그거야 내가 알아서 할 일이지요."

"저기 방 하나를 말해놓았는데."

"그러면 나더러 나가달라는 말씀이요?"

"방 하나 얻어서 밥 지어 먹으면 얼마 들지 않을 것이 아니 에요? 경제시대에 경제를 해야지."

"고맙습니다마는 주인으로 앉아서 손에 대한 그런 걱정까 지 할 필요는 없겠지요."

김 선생의 얼굴에는 노기가 좀 띄었다. 주인은 미안히 여기

면서

"다 형제같이 생각을 하니까 그렇지요."

"남과 똑같이 밥값 내고 있는데 나가라 들어가거라 할 필요가 있소?"

"……."

"나는 다른 데로 옮기지 않겠소. 나는 본래 한 곳에 자리를 정하면 꽉 박혀 있는 성미요."

자기가 지금 겨우 자리를 잡고 침착히 쓰고 있는 창작이 자리를 뜨면 또 얼마간 글을 못 쓸 것을 잘 아는 김 선생은 다소 불쾌를 느꼈으나 이렇게 말했다.

"대체 날더러 나가라는 까닭은 무엇이오? 좀 알고나 봅시다."

"낸들 손님에게 그런 말을 하는 것이 실례되는 줄 알면서도 그랬지요."

"무슨 까닭이에요?"

"아니, 글쎄 말이에요. 근묵자흑으로 선생이 온 후로는 우리 영애란 년이 시집 안 가겠다, 공부를 더 하겠다 하니. 대체 여자가 공부는 더 해서 무엇한답니까?"

"그러면 학비 대실 수는 있나요?"

"돈도 없거니와 돈이 있어도 안 시켜요."

"그건 왜요?"

"여자가 남편에 밥 먹으면 그만이지요."

"남편 밥 먹다가 남편 밥 못 먹게 되면 어쩌나요."

"잘난 여자가 그렇지요."

"못난 여자가 그렇게 되면 어쩌나요."

"그러지 않을 데로 시집을 보내야지요."

"누구는 처음부터 그렇게 시집을 간답니까?"

"여자가 더 배우면 무얼해요."

"더 배울수록 좋지요. 많이 아는 것밖에 있나요."

"많이 알면 무얼해요. 자식 낳고 살림하면 그만인걸요."

"그야 그렇지만. 횡포한 남자만 믿고 살 세상이 못 됩니다."

"김 선생은 저런 말을 늘 우리 영애란 년에게 하니까 안됐지요."

"내가 그애에게 말한 적은 없습니다만 말하자면 그렇단 말
이지요."

"그러면 그년이 왜 시집을 안 가겠다고 하우?"

"그야 내가 알 리 있소? 저도 무슨 생각이 있어서 그러는 것
이지 내게 따질 일은 아니고 날더러 나가랄것도 아니오."

"글쎄 김 선생, 한운이같은 유망한 청년을 놓치면 또 어디
가서 구해본단 말이요?"

"구하면 또 있지요."

"글쎄 내가 한번 가보았었구려."

"한운 씨 집을요?"

"네!"

"어때요?"

"나락 섬이 쌓이고 나무를 바리로 해 쌓고 아버지는 학자고

형제 화목하겠다, 양반 지체 좋겠다, 당자 얌전하겠다. 더 고를 수 있겠소?"

"저더러 그랬나요?"

"그랬고 말고요."

"무어래요?"

"싫다지."

"왜 싫대요?"

"그것은 나보다 김 선생이 잘 알 것이오."

"어머니에게 못하는 말을 내게 하려고요."

"무식한 에미에게 무슨 말을 하겠소? 김 선생은 다 한통이니까 말이지."

"내게 따지지 말고 따님을 잘 달래시오."

"그년이 내말을 듣나? 다시 말하면 내가 사람이 아니오."

"무엇이든 내게 말할 필요야 있겠소?"

"내 딸은 김 선생이 버려놓은 겁니다."

주인은 최후에 말을 던지고 일어선다. 김 선생은 그의 치마자락을 잡아다니며

"아니 그게 무슨 말이요? 과연 그렇다면 내 다른 곳으로 가리다."

"……."

"그러지 말고 영애를 달래서 저 좋아하는 사람이 있냐고 물어보시오."

"그애는 그렇게 연애나 하는 년 아니오."

하고 문을 탁 닫고 나간다. 김 선생은 혼자 앉아서 멍하니 천장을 바라보았다. 우습기도 하고 재미나기도 하고 분하기도 하다. 그러나 자기 딸이 머리에 떠올랐다. 저 모녀와 같이 내 마음에 드는데 제가 싫다고 하면 어쩌나 하고 생각해보았다. 불의의 액운에 당한 것을 자기 과거 모든 액운 프로그램 중에 넣었다.

"더 있어서 사건 진행하는 것을 구경할까?"

하다가

"예라, 다 귀찮아. 또 무슨 액운에 들을지 아나."

하고 이 여관을 떠나기로 하고 흐트러진 짐을 보았다.

三(삼).

"선생님."

하고 영애가 들어온다. 그 눈에는 눈물 흘린 흔적이 있다.

"어서 들어와."

"선생님."

하고 영애는 김 선생 무릎에 푹 엎드렸다. 그 어깨는 들썩들썩 하였다.

"울지 말고 다 말을 해."

"……."

"영애."

"네."

영애는 앉으며 주루루 흘린 눈물을 치마자락으로 씻는다.

"어떤 사람과 약속해놓은 일이 있는가?"

"없어요."

"글쎄 나도 보기에 없는 것 같은데."

"없어요."

"그러면 어머니가 좋은 사람 구해놓고 시집가라는데 왜 싫대, 응?"

"싫어요."

"시집가기가 싫단 말인가? 한운 그 사람이 싫단 말인가?"

"시집가기도 싫고 그 사람도 싫어요."

"그러면 어떻게 할 작정이야?"

"죽었으면."

"정 죽어야 할 일이면 죽기도 하는 것이지."

"선생님."

"응."

"저는 공부를 더 하고 싶어요."

"돈 있어?"

"고학이라도 해서."

"그렇게 맘대로 되나."

"아이구 죽었으면."

"죽는 것은 남하고 의논하는 것이 아니야."

"아이구 선생님."

영애 눈에는 다시 눈물이 글썽글썽한다.

"어머니가 학비 주실 능력이 없으신가?"

"없어요!"

"다른 친척 중에는 학비 줄 만한 사람이 없나?"

"없어요!"

"재주를 보면 아까운데."

"누가 좀 대주었으면. 졸업하고 벌어 갚게."

"벌어 갚을지 못 갚을지 그건 모를 일이고. 누가 그런 고마운 사람이 있나."

"선생님, 그럴 사람이 없을까?"

"나라도 돈이 있으면 대주겠구먼 돈이 있어야지."

"부자 사람들 돈 좀 나 좀 주지."

"공부를 하면 무엇을 전문하겠어?"

"문학이에요."

"문학? 좋지."

"어렵지요."

"어렵기야 어렵지만 잘만 하면 좋지 영애는 독서를 많이 해서 문학을 하면 좋을 터이야. 사람은 개인적으로 사는 동시에 사회적으로 사는 것이 사는 맛이 있으니까. 좋은 창작을 발표하야 사회적으로 한 사람이 된다면 더 기쁜 것이 없는 것이야."

"아이고 죽겠다."

Rue d'Orchampt, Montmartre
1925

"그렇게 망상 말고 가깝고 쉬운 길을 취해."

"무슨 길이요?"

"돈 없어서 공부 못하게 되니 시집가야 할 것 아닌가."

"싫어요."

"아마 한운이 싫지?"

"네, 싫어요."

"왜 어째서."

"ナッテイナノデスヨ(사람이 덜 되었어요)."

"그래도 어머니는 꼭 맘에 들어하시던데."

"한 사람 노릇은 할지 모르나 사회적 인물은 못되고."

"한 사람 노릇하면 그만이지."

"선생님 지금 무엇이라고 하셨어요?"

"한 사람 노릇하면 즉 사회적 인물이지."

"그러면 너도 나도 다 그렇게요?"

"그런 것도 아니지만."

"난 그 사람이 싫어요."

"왜 그래. 나 보기에는 좋던데."

"イクチナイオトコ(의지가 박약한 남자)예요."

"좀 어리긴 어려."

"モノニナシテイナイ(사람이 안 되어 있음) 한걸."

"그러면 어머니더러 다른 사람을 구해달라지."

"싫어요."

"이것도 싫고 저것도 싫고. 다 싫으면 어떻게 해."

"죽고만 싶어요."

"그것도 공상. 어서 속히 좌우간 결정을 해야 안정해지지 곁에 있는 사람까지 초조해지는구먼."

"아이구머니, 어머니가 내려오시네."

영애는 허둥지둥 일어난다.

"어서 가봐. 나하고 무슨 의논이나 한 줄 아시겠구먼."

"제가 이 방에 오는 것을 제일 싫어하십니다."

"그러게 말이지."

"선생님 또 올게요."

영애는 속히 나간다.

四(사).

"이년 이때까지 자빠져 자니?"

주인마누라는 영애 혼자 누워 자는 방으로 들어가자마자 이불을 잡아 벗기고 잡아서 뚜드리고 소리를 높여 외친다.

"이년 한나절까지 자빠져 자고 해다주는 밥 먹고 밤낮 책만 들여다 보면 옷이 나니 밥이 나니. 이년 보기 싫다. 어디로 가 버려라."

"아이구, 어머니 잘못했어요."

"이년 너같이 잘난 년이 잘못한 것이 무엇 있겠니."

"……."

"이년 너같이 잘난 년은 나는 보기 싫다. 썩 어디로 가버려라."

"어디로 가요?"

"아무 데로나 가지. 너 연애하는 서방에게로 가렴."

"어머니도 망녕이시지."

"너 좋아하는 상대가 있으니까 시집을 안 간다지."

"없어요."

"이년 나는 너를 사람되라고 고등여학교까지 공부를 시켰더니. 지금 당해서는 후회막급이다."

"……."

"이년 에미 말 듣지 않는 자식 무엇에 쓰겠니. 심청이는 제 몸을 팔아서 그 아버지 눈을 띄우지 아니했니. 나와 너는 아무 상관없는 사이다. 오늘 지금이라도 곧 나가거라."

또 뚜드린다.

"아야."

"이년 죽든가 나가버리든지 해라. 꼴 보기 싫다."

"아야. 다시는 안 그래요."

"나가라니까. 다시는 안 그런단 말이 무슨 말이야."

이때 듣다 못하여 김 선생이 문을 열고

"여보세요. 여보세요. 이리 좀 오세요."

五(오).

어느날 저녁 밥 뒤다. 한운이 김 선생 방으로 들어오며

Montmartre

"심심해서 좀 놀러왔습니다."

"잘 오셨습니다. 앉으십쇼."

"낮에는 사무실에 가서 바쁘게 지내다가 밤이면 심심해요."

"사무는 무엇 보십니까?"

"농림에 대한 것이지요."

"참 농림학교 출신이시지."

"네."

"도청 근무시지요?"

"네."

"바쁘셔요?"

"네. 상당히 바쁩니다."

"인제 장가를 들어 가정을 가지셔야겠구먼."

"내 생각 같아서는 일생을 독신으로 지냈으면 좋겠는데 어디 부모형제가 가만두어야지요."

"왜 그래요. 부부의 낙이 인생에 제일인데."

"그런가요? 독신보다 귀찮을 것 같은데요."

"귀찮은 가운데 재미가 있거든요."

"왜 조물주가 남자 여자를 내었는지 모르겠어요."

"그 남자 여자가 있기에 기기묘묘한 세상이 생겼지요."

"혼자 사는 것이 제일 편할 것 같아요."

"그래도 남녀가 합해야 생활 통일이 되고 인격 통일이 되는 걸 어째요?"

"그럴까요?"

"그렇지요, 독신자에게는 침착성이 없는걸 어쩌고."

"그건 그런가 봐요. 고적하긴 해요."

"어서 장가를 들으시오."

"그렇게 쉽게 되나요."

"영애와는 어찌 되는 모양이오?"

"모르지요."

"영애와 안 되면 다른 곳이라도 구혼해야지."

김 선생은 그 말이 어떤 것을 알기 위하여 이렇게 물었다.

"다른데 구혼하려면 벌써 했게요."

"그럼 꼭 영애하고 하겠소?"

"……."

"지성 즉 감신(至誠卽感神)으로 백 도까지 열을 내보구려. 하고자 해서 안 되는 일이 어디 있겠소?"

"공부하겠다는걸요."

"학비가 있어야지."

"내가 좀 대고 자기 어머니가 좀 대고 하면 되지 않겠어요?"

"정말이오? 주인더러 그 말을 해보았소?"

"공부는 절대로 아니 시킨다니까요."

"한운 씨가 꼭 마음에 드시는 모양이지."

"그 어머니가 마음에 들면 무엇하나요. 당자끼리 문제지요."

아직 까맣게 알지 못하고 있는 한운은 이렇게 말한다.

"만일 영애가 한공과 혼인을 아니 하겠다면 어쩌오?"

다소간이라도 눈치를 채라고 이렇게 말했다.

"……."

"그 말은 그만두고 레코드나 틀읍시다."

김 선생은 남의 일에 구설이 무서워서 말을 잘랐다.

"양곡을 좀 들어볼까요?"

한운도 더 말하고 싶지 아니하여 축음기를 넣는다.

"저것이니 하시지요."

카르멘, 후아스도, 햄릿, 마르세이유. 우렁차게도 하는 소리가 끝날 때마다 이기봉이 방에서는 영애의 가냘픈 웃음소리가 새어 들어왔다. 한운은 유심히 귀를 기울였으나 그 나타나는 표정은 아무렇지도 않았다. 공연히 마음을 졸이고 마주 앉은 김 선생은

"아아, 천진난만한 청년이여." 하였다.

Hospice de Saint-Vincent de Paul (Le berceau de St Vincent)

나혜석

나혜석(羅蕙錫, 1896~1948?)은 한 국 근대사에서 가장 주목받는 여성 지식인 중 한 명으로, 화가이자 작가, 여성운동가, 독립운동가로서 복합적인 정체성을 지닌 인물이다. 그녀는 조선 말기와 일제강점기라는 격변의 시대를 살아가며 한국 여성으로서 최초로 여러 영역에서 선구적인 발자취를 남겼다. 전통적인 여성상에 대한 도전과 사회

나혜석, 자화상, 1928

적 억압 속에서도 자아를 찾으려 했던 그녀의 삶은 오늘날까지도 많은 이들에게 깊은 영감을 준다.

1896년 경기도 수원에서 출생한 나혜석은 부유한 가정에서 성장했다. 그녀의 가문은 조선 후기 유학자 집안으로, 당대 기준으로도 여성이 교육받기 어려운 시대였지만, 그녀는 일찍부터 한학과 신학문을 두루 익혔다. 어린 시절부터 재능이 뛰어나 '신동'으로 불렸으며, 남다른 지적 호기심과 예술적 감수성을 보였다.

진명여자고등보통학교(현 진명여자고등학교)를 졸업한 나혜석은 당시 드물었던 일본 유학길에 올랐다. 일본 도쿄여자미술학교(現 도쿄예술대학) 서양화과에 입학하여 본격적으로 서양화를 공부하게 된다. 일본 유학 시절 그녀는 유럽 화풍에 심취했으며, 당대

서구의 자유주의 사상과 여성해방론, 민족주의 사상에 큰 영향을
받았다.

나혜석은 유학 시절부터 작품 활동을 시작하며 자신의 화가로서
의 정체성을 구축했다. 특히 여성으로서는 최초로 서양화가로서
인정을 받았으며, 1921년 귀국 후 개인전을 열기도 했다. 그녀의
작품은 인상주의와 표현주의의 영향을 받아 섬세한 필치와 감성
적 표현이 돋보인다. 〈자화상〉〈해질녘〉〈미성년〉 등의 작품은 당
시 남성 중심의 미술계에서 보기 드문 여성의 내면과 시선을 포
착한 수작으로 평가된다.

그녀는 미술뿐만 아니라 문학에서도 뛰어난 재능을 보였다. 나
혜석은 소설, 수필, 평론 등 다양한 장르를 넘나들며 활발한 창작
활동을 이어갔다. 특히 1918년 『경희』를 발표하면서 한국 최초의
여성 작가가 쓴 단편소설이라는 평가를 받았다. 이 작품은 여성
의 자아 각성과 독립적인 삶을 모색하는 내용으로, 당시 가부장
제와 여성 억압에 대한 날카로운 문제의식을 드러냈다.

문필가로서 나혜석은 '신여성' 담론의 중심에 서 있었다. 《조선일
보》《동아일보》《여자계》《신여자》 등 각종 신문과 잡지에 여성의
권리와 해방을 주장하는 글을 기고하며 사회적으로 큰 반향을 일
으켰다. 그녀는 「이혼고백서」「부인문제와 결혼관」「여자도 사람
이다」와 같은 저술을 통해 여성도 남성과 동등한 인격체임을 역
설했다. 당시 그녀의 글은 보수적인 조선 사회에서 도전적이고

파격적인 발언으로 받아들여졌다.

뿐만 아니라 나혜석은 여성운동가로서도 적극적인 활동을 벌였다. 조선여성동우회 등 여성단체에서 활동하며 여성 교육의 확대, 법적 권리 신장, 결혼 제도의 개선을 주장했다. 그녀는 "여성도 독립적인 직업과 경제력을 가져야 한다"고 역설하며, 여성들이 자아를 실현할 수 있는 사회를 꿈꾸었다.

나혜석은 민족운동에도 깊이 관여했다. 1919년 3·1운동 당시 일본 도쿄에서 유학생 대표로 참여하여 독립선언서에 서명하고 만세 시위를 벌이다가 체포되어 투옥되었다. 3·1운동은 그녀가 민족 해방과 여성 해방을 동등하게 인식하게 되는 계기가 되었으며, 이후 그녀의 사상과 활동에 더욱 투철한 민족적, 사회적 책임감을 부여하게 된다.

개인적인 삶에서도 그녀는 관습에 얽매이지 않는 파격적인 행보를 보였다. 변호사 김우영과 결혼한 후에도 부부의 평등한 관계를 추구했으며, 부인의 내조 역할에 머무르지 않고 작품 활동과 사회 운동을 병행했다. 그러나 가부장적 결혼 제도 속에서 끊임없이 갈등을 겪었고, 유럽 여행 중 만난 최린과의 연애로 인해 결국 이혼에 이르게 된다.

이혼 이후 발표한 「이혼고백서」는 당시 사회적 파장을 일으킨 대표적인 글이다. 나혜석은 이 글을 통해 '여성도 성적 욕망과 자유를 지닌 존재'임을 주장하며, 여성도 이혼 후 당당히 자신의 삶을 살아야 한다고 역설했다. 이러한 주장은 당시 조선 사회에서 '불륜'과 '부도덕'으로 몰리며 심각한 비난과 사회적 배제를 받게 되는 계기가 되었다.

이후 그녀는 사회적 비난과 경제적 궁핍 속에서 점차 주변부로 밀려나게 된다. 과거의 명성과는 달리 점점 활동 무대가 좁아졌고, 빈곤과 외로움 속에서 말년을 보냈다. 하지만 그녀는 끝까지 그림을 그리며 글을 썼고, 여성으로서의 자율성과 독립성을 포기하지 않았다.

그녀의 그림과 글은 일제강점기 조선 여성의 억압된 현실과 그 속에서의 저항을 생생하게 담고 있다. 나혜석은 끝까지 "여자도 사람이다."라는 신념을 굽히지 않았고, 개인의 비극적인 삶에도 불구하고 여성 해방과 민족 해방의 가치를 위한 활동을 멈추지 않았다.

나혜석의 정확한 사망 시기와 장소는 밝혀지지 않았지만, 그녀의 삶은 비극과 투쟁, 창조와 저항으로 점철되어 있다. 사후에도 오랫동안 역사 속에서 잊혀졌던 그녀는 1980년대 이후 한국 페미니즘의 부흥과 함께 재조명되기 시작했다.

오늘날 나혜석은 한국 근대 여성사의 선구자로 평가받는다. 미술, 문학, 사회운동 등 다양한 영역에서 보여준 그녀의 활동은 당시 조선 사회에 큰 울림을 주었으며, 이후 한국 여성운동의 상징적인 인물로 자리매김하게 된다. 그녀의 이름은 이제 '신여성'이라는 말과 함께 한국 근현대사를 대표하는 여성으로 기억되고 있다.

나혜석, 불란서 풍경, 1927

나혜석, 풍경, 1920

나혜석, 스페인 항구, 1928

나혜석, 파리 풍경, 1927~1928

모리스 위트릴로

Maurice Utrillo. 1883~1955. 평
생을 몽마르트 풍경과 파리의
외곽 지역, 서민촌의 골목길을
그의 외로운 시정에 빗대어 화
폭에 담았던 몽마르트를 대표
하는 화가이다.

그는 20세기 초 프랑스 화단에
서 독특한 위치를 차지한 인물
로, 인상파와 후기 인상파, 그리
고 당시 부상하던 현대 미술 흐
름 속에서도 자신만의 독자적인 화풍을 지켰다.

그의 어머니는 수잔 발라동으로, 당시 유명한 화가들의 모델이자
여러 예술가들의 뮤즈였다. 이후 화가로도 명성을 얻은 인물이
다. 위트릴로의 생부는 확실하지 않지만, 소문에 따르면 당시 유
명했던 화가 피에르 퓌비 드 샤반이나 드가, 르누아르 같은 예술
가들 중 한 명일 가능성도 제기되어 왔다. 아홉 살이 된 1891년
에 스페인의 화가이자 건축가이자 미술비평가인 미구엘 위트릴
로(Miguel Utrillo)가 아들로 받아들여, 이후 모리스 위트릴로라고
불리었다.

그는 어릴 때부터 몽마르트에서 자라며 예술적 분위기 속에서 성
장했다. 그러나 어린 시절부터 정서적으로 불안정하고 방황하는

모습을 보였고, 청소년기에 심각한 알코올 중독 증세를 겪기 시작했다.

어머니 발라동은 이러한 위트릴로를 걱정하여 그에게 그림을 그리게 했다. 예술 활동이 아들의 내면을 안정시킬 수 있을 것이라고 믿었기 때문이다. 실제로 위트릴로는 그림을 그리면서 심리적 안정을 어느 정도 찾게 되었고, 화가로서의 길을 걷게 된다. 그는 주로 독학으로 그림을 배웠으며, 자연스럽게 몽마르트와 파리의 거리, 교회, 골목길 등을 화폭에 담기 시작했다.

위트릴로의 작품은 크게 4개의 시기로 분류된다. 몽마니 등 파리 교외의 풍경을 그린 몽마니 시대(1903~1905), 인상파적인 작풍을 시도했던 인상파 시대(1906~1908), 위트릴로만의 충실한 조형세계를 구축해나간 백색 시대(1908~1914), 코르시카 여행의 영향으로 점차 색채가 선명해진 다색 시대(1915~1955) 등이다. 특히 백색시대 작품 중 수작이 많은데, 음주와 난행과 싸우면서 제작한 백색 시대 시절의 작품은, 오래된 파리의 거리묘사에 흰색을 많이 사용하여 미묘한 해조(諧調)를 통하여 우수에 찬 시정(詩情)을 발휘하였다. 그 후 1913년 브로화랑에서 최초의 개인전을 열어 호평을 받았으나, 코르시카 여행(1912) 후 점차 색채가 선명해졌으며 명성이 높아지면서 예전의 서정성이 희박해지는 경향이 두드러졌다.

위트릴로의 작품은 단순히 몽마르트의 풍경을 묘사하는 데 그치지 않았다. 그의 그림 속 거리와 건물은 현실의 공간을 초월해 인간의 내면을 반영하는 상징적 공간처럼 느껴진다. 이는 그가 삶의 대부분을 정신적 고통 속에서 살아왔기 때문일 것이다. 실제로 위트릴로는 성인이 된 이후에도 알코올 중독과 우울증에 시달렸고, 여러 차례 정신병원에 입원하기도 했다.

그럼에도 불구하고 위트릴로의 작품은 당시 미술 시장에서 꾸준히 인기를 끌었다. 몽마르트와 파리를 찾는 외국인 수집가들, 특히 미국과 일본의 컬렉터들은 그의 작품을 선호했다. 이는 파리의 풍경을 위트릴로만의 시선으로 해석한 그의 그림이, 단순한 풍경화를 넘어 감정적 깊이를 전달했기 때문이다.

동시대 예술가들과 비교할 때, 위트릴로는 전위적인 실험이나 혁신에는 큰 관심을 보이지 않았다. 피카소, 모딜리아니 같은 동료들이 입체파나 표현주의 등 새로운 사조를 탐구할 때, 위트릴로는 한결같이 몽마르트의 거리를 그렸다. 그러나 바로 그 일관성과 꾸준함이 그의 강점이 되었고, 작품 속에 서정성과 고독, 그리고 시대의 흐름에 아랑곳하지 않는 독자성이 살아 숨 쉬게 했다.

1920년대 이후 위트릴로는 프랑스뿐 아니라 유럽과 미국에서도 명성을 얻었고, 경제적으로도 어느 정도 안정을 찾는다. 그러나 내면의 고통과 알코올 중독 문제는 끝내 그를 놓아주지 않았다.

1933년, 위트릴로 작품의 찬미자인 벨기에의 미망인 루시 발로랑과 결혼하여 신앙심 두터운 평화로운 가정을 꾸렸다. 이후 파리를 떠나 프랑스 남부의 르 베상 지방 등지에서 조용한 생활을 하며 그림을 그렸다.

후기 작품으로 갈수록 그의 화풍은 좀 더 부드럽고 밝은 색감을 띠게 되었지만, 여전히 파리와 몽마르트를 주제로 한 풍경화가 주를 이뤘다. 말년의 위트릴로는 더 이상 술을 마시지 않았으나, 신체적 건강은 점차 악화되었다. 1955년, 그는 파리 근교에서 세상을 떠났다. 위트릴로는 사후에도 여전히 몽마르트를 대표하는 화가로 기억되고 있으며, 그의 작품은 현재도 세계 여러 미술관과 개인 컬렉션에서 사랑받고 있다.

모리스 위트릴로의 삶은 예술과 고통, 몽마르트의 풍경이 뒤섞인 복합적인 여정이었다. 그는 파리의 골목을 그리면서 자신의 고독과 불안을 화폭에 투영했다. 그의 그림 속 차가운 거리와 허름한 건물은 사실상 그의 내면 풍경이기도 하다. 위트릴로는 예술을 통해 삶의 균열을 봉합하려 했던 화가였고, 그가 남긴 몽마르트의 이미지는 오늘날에도 여전히 깊은 울림을 준다. 대표작으로 〈몽마르트르 풍경〉〈몽마르트르의 생 피에르 성당〉〈눈 내린 몽마르트 언덕〉〈코팽의 막다른 골목〉 등이 있다.

열두 개의 달 시화집 스페셜

나혜석과 위트릴로

초판 1쇄 인쇄 2025년 4월 10일
초판 1쇄 발행 2025년 4월 20일

지 은 이   나혜석
그 린 이   모리스 위트릴로
발 행 인   정수동
편 집 주 간   이남경
편 집   김유진
디 자 인   Yozoh Studio Mongsangso

발 행 처   저녁달
출 판 등 록   2017년 1월 17일 제2017-000009호
주 소   경기도 파주시 문발로 142 니은빌딩 304호
전 화   02-599-0625
팩 스   02-6442-4625
이 메 일   book@mongsangso.com
인 스 타 그 램   @eveningmoon_book
유 튜 브   몽상소

I S B N   979-11-89217-48-8   03810